O altar
das montanhas
de Minas

Jaime Prado Gouvêa

O altar das montanhas de Minas

EDITORA RECORD
RIO DE JANEIRO • SÃO PAULO
2010

CIP-BRASIL. CATALOGAÇÃO-NA-FONTE
SINDICATO NACIONAL DOS EDITORES DE LIVROS, RJ

G734n Gouvêa, Jaime Prado, 1945-
O altar das montanhas de Minas / Jaime Prado Gouvêa. – Rio de Janeiro: Record, 2010.

ISBN 978-85-01-08214-5

1. Romance brasileiro. I. Título.

08-5397

CDD: 869.93
CDU: 821.134.3(81)-3

Copyright © Jaime Prado Gouvêa, 1991
2ª edição (1ª edição Record)

Capa: Carolina Vaz

Texto revisado segundo o novo Acordo Ortográfico da Língua Portuguesa

Direitos exclusivos desta edição reservados pela
EDITORA RECORD LTDA.
Rua Argentina 171 – 20921-380 – Rio de Janeiro, RJ – Tel.: 2585-2000

Impresso no Brasil

ISBN 978-85-01-08214-5

Seja um leitor preferencial Record
Cadastre-se e receba informações sobre nossos lançamentos e nossas promoções.

EDITORA AFILIADA

Atendimento e venda direta ao leitor
mdireto@record.com.br ou (21) 2585-2002

Para Humberto Werneck e Murilo Rubião,
pelo chute inicial.
Para Oswaldo França Júnior,
meu amigo, aqui e onde estiver.
Para Ana Maria Martins Pinheiro,
por tudo.

O autor agradece à criadora do super-herói Xisto, Lúcia Machado de Almeida, pela apropriação um tanto clandestina que fez de informações contidas em seu livro *Passeio a Ouro Preto* (Ed. Itatiaia/EDUSP, 2ª edição, 1980), e à tia do escritor Airton Guimarães, dona Conceição, única pessoa consultada a se lembrar da letra de um hino religioso muito em voga em seu tempo de estudante primário, em meados do século XX. Os possíveis erros de interpretação dessas "pesquisas" o autor repassa, velhacamente, a Dirceu Dumont, que era bem capaz de cometê-los, pois tudo é ficção. Ou não.

I
Minas

"Minas é o Beco do Mota."

(Fernando Brant — em letra para canção de Milton Nascimento —, referindo-se ao logradouro onde se localizava a zona boêmia de Diamantina, que foi desativada por ordem do bispo da cidade, então preocupado com outro tipo de transação.)

"A maneira como o sol morre sobre esta cidade, seus raios se esfiapando por entre as brechas da arquitetura indecisa, certamente não é a mesma a que Álvaro Garreto se referia em algumas de suas crônicas. Pois era um horizonte considerado belíssimo ao crepúsculo pela gente daquela época, uma beleza ao mesmo tempo cintilante, contida e espraiada, e que, com sua carga de contradição de brilho que se extingue, bem poderia ser o sinal mais claro dos passos sombrios que viriam a seguir, pessoas se arrastando pelas ruas sob o peso dos leves embrulhos de pão ou de canções felizes assobiadas como lamentos. Talvez tivesse sido esse um dos motivos que transformaram sua geração num punhado de homens graves que escreviam versos juvenis, cheios de morte e desesperança.

Ou talvez não. Eu nem cheguei a conhecer Garreto, que dizem ter sido um parente meu um tanto distante — nunca me explicaram bem esse parentesco — a quem eu, que julgam ter certa facilidade para redigir, seria devedor de alguma coisa, como, por exemplo, selecionar suas crônicas, poemas, papéis com anotações para ensaios ou reportagens, sua correspondência esparsa que porventura estivesse guardada em casas de amigos, o que houvesse no jornal onde trabalhou durante muitos anos, e refazer sua biografia, erguer seu busto imaginário para os pombos da História, essas coisas a que a gente às vezes se submete para se redimir do estorvo que nossos contos e romances sacanas eventualmente causem às nossas famílias. No meu caso, um estorvo e uma família difusos, fato este que me atraiu de forma igualmente difusa, como se, afinal, eu estivesse querendo materializar uma culpa que justificasse um peso também difuso que me pesava. Tudo muito difuso, como se vê, mas não é assim mesmo que os romances começam?

A verdade é que seu nome nem era Garreto. Este foi o pseudônimo que ele criou para homenagear suas duas adorações literárias, Almeida Garrett e Antonio Barreto, e assinava o prenome Álvaro numa discreta alusão a um dos heterônimos de Fernando Pessoa, como era praxe nos românticos daquele tempo que, por outro lado, achavam que deveriam manter protegido de especulações maldosas — literatos e boêmios eram vistos geralmente como *uma* pessoa a ser admirada, mas sempre evitada — o porte austero e íntegro do mineiro em sua varanda ou seu alpendre emoldurados de copos-de-leite e damas-da-noite olhando distraído o tijolo quebrado em torno do canteiro cheirando a esterco molhado. Aí Garreto costumava recitar seu Alphonsus predileto, o dos cinamomos, enquanto olhava a silhueta do rosto de sua esposa cortando a luz que vinha da rua, e pensava em Gilda, Laura, Marlene, Carole, Vivien, Mae, Jean e, mais recentemente, Marilyn, que começava a incomodar seus sonhos sonolentos.

Mas isso não tem muita importância: Garreto já estava velho. Só registro essa cena por ter sido assim que imaginei sua última noite, quando ele teria ficado no alpendre ou na varanda até quase onze horas e, depois de guardar as cadeiras, passar o ferrolho na porta, ouvir o ronco da mulher lá no quarto e tomar seu chá quente, deitou-se e dormiu para sempre, como imaginara que seu personagem faria se algum dia conseguisse terminar o romance da sua vida."

Dirceu Dumont desligou o gravador e selou a fita com o número 1, primeira de uma série onde ficariam anotadas suas impressões, adivinhações e talvez uma ou outra frase de efeito que pudesse ser utilizada mais tarde. Ele pretendia escrever um romance cujo personagem seria um escritor que gastara a vida tentando escrever um romance, e, para isso, partiria de pistas, indícios, depoimentos e documentos reais e fictícios que mapeassem os rastros de Garreto, usando uns e outros conforme o enredo pedisse, como é sempre assim. Podia ter gravado um pouco mais, mas estava excitado e cansado, ou apenas meio confuso, e determinou-se que tinha feito um bom começo, o bastante para dar por encerrado o primeiro dia de trabalho e sair para aproveitar o fim da tarde, os raios do sol se esfiapando — a frase ainda em sua cabeça —, e dar um pulo ao bar do Xuxu para tomar uns chopes enquanto o lugar ainda estava vazio, e depois observar as pessoas, anotar qualquer ideia interessante, alguma história incauta dos frequentadores.

O bar do Xuxu já estava saindo de moda. Havia sido, até pouco tempo, um local onde todos se encontravam, onde se ficava sabendo dos acontecimentos, onde se podia arrumar um programa para mais tarde, um fuminho de boa qualidade, um papo literário ou psicanalítico, qualquer coisa, enfim, que enchesse uma noite inteira sem luar ou novela. Mas depois, como tudo, foi se esvaziando, murchando como os chuchus que cobriam seus muros laterais, o chope cada vez mais quente, as mulheres que ficaram de sobra, tudo muito cansado, como, afinal, costuma ocorrer com as próprias noites. Mas ainda era um bom lugar para se ficar sozinho.

O garçom veio lá de dentro com o de sempre: um chope, uma caipirinha e um bloco de papel em branco. Dumont depositou na mesa seu maço de cigarros e sua caneta. Esticou a perna sobre uma cadeira e ficou olhando a rua. O garçom sumiu lá para dentro. Tão cedo não precisaria dele. Dumont reconheceu a música, agora nítida: a do Ângelus. Contrito, tomou um pouco da caipirinha e a lavou com um gole de chope. E ficou imaginando o que Garreto faria em seu lugar, olhando todas essas mesas vazias e esse casal de meia-idade que está entrando com cara de quem vai querer comer uma pizza ou um mexido de cenoura. Com ovos.

Talvez Garreto, ali sentado em seu lugar, tirasse um bloquinho do bolso do paletó e escrevesse algo parecido com o que Dumont está escrevendo agora, enquanto olha pela janela do Xuxu a água que escorre na sarjeta: "Longa onda que se alonga e se estreita e envolve essa e aquela pedra e se estira em trança e se infla e desliza e contorna e continua. A última gota da chuva já caiu na franja da serra, mas segue passando o rio magrinho por entre os paralelepípedos, brilhando frio no escuro do asfalto mais além como na palma da mão e em torno ao estômago, e um novo pingo estilhaça as cores do vitral da janela e espalha penas de arara sobre as nove horas do relógio, sobre os dedos que batucam a ponta do cigarro no celofane do maço antes de se esticarem para o esguio copo de vinho, tensão e delicadeza em não estrangulá-lo, ainda." Não, não era Garreto escrevendo. Ele gostava de descrever o sol morrendo por detrás da montanha, não havia uma única gota de chuva em seus papéis. Dumont percebeu logo que aquele texto era seu mesmo, quase autobiográfico, um enfeite literário que estava inventando por se lembrar, contra sua vontade, da noite em que ficou nessa mesma mesa até de madrugada esperando que Luiza chegasse. Mas Garreto também deve ter sido, a seu modo, um homem sensível, e qualquer coisa semelhante poderia muito bem ter acontecido com ele. Só que não dava para imaginar Marília, pelo menos aquela Marília que entregara a ele os papéis de Garreto três semanas antes, entrando sozinha num bar à procura do amante. Era outro perigo que Dumont precisava evitar: confundir os *tempora* e os *mores* dos dois dramas, o de Garreto e o dele próprio. E pressentiu tal perigo ao desconfiar que seus estilos já estavam ficando muito parecidos. Chamou o garçom, guardou a caneta e trocou o bloco por outra rodada de chope e caipirinha.

— Eu só faço uma exigência: mesmo que o senhor descubra quem foi Álvaro Garreto, nunca revele o verdadeiro nome dele.

— Posso perguntar à senhora por quê?

Ela abaixou a cabeça, deve ter pensado em ir embora, mas Dumont já estava ficando interessado:

— Está bem, não precisa dizer nada. A senhora aceita alguma coisa? — foi dizendo, lembrando-se tarde demais de que só tinha uma garrafa de conhaque em casa.

— Não, não se incomode. Eu não quero tomar seu tempo. É que pensei que isso fosse muito importante para guardar só para mim. Certas coisas não devem ficar escondidas, podem ser úteis para outras pessoas, o senhor compreende? Seria muito egoísmo meu. Mas é tudo que posso partilhar, precisa ser assim.

O material estava no colo dela, um embrulho pardo amarrado com barbante, mas liso, impecável. Ainda que seu vestido, mesmo sentada, não chegasse a descobrir-lhe os joelhos, dava para ver que aquelas pernas gordas teriam sido firmes e grossas há muitos anos, e que por ali teriam roçado as mãos de Garreto, e que esses lábios sem cor teriam então tremido ruborizados, e que esses dedos onde se afundam duas alianças gêmeas teriam agarrado com força o braço da poltrona, trancando um segredo que ela só revelaria na oração silenciosa para a santa confidente sobre a mesinha do quarto, de costas para o marido adormecido. Um segredo que se solidificou como um diamante, uma joia só dela que, avara, engoliu junto com o nome do amante, mesmo depois que ele e o marido há muito a houvessem deixado sozinha neste mundo.

Disse apenas que seu nome era Marília, o que pareceu a Dumont perfeitamente natural em se tratando de uma senhora nascida sob a tradição de Ouro Preto. E uma pontinha de passado começou a incomodá-lo, sendo o Dirceu que era. Evidente que não se imaginava fazendo poemas para ela, nem mesmo se Deus desse um jeito na cronologia deles, como se fosse um cineasta maluco. Mas trinta ou quarenta anos atrás, quando o então lépido Garreto fez sua conferência na Escola de Minas, teria bastante lógica que notasse entre os presentes aquela jovem mulher se escondendo por detrás do ombro do marido, talvez já se desculpando por um vago desejo de adultério, ainda que tão eloquentemente poético. Ele, o marido, como representante do prefeito da cidade, receberia à noite em sua casa o poeta da capital, e ela teria de fazer uma discreta e solícita companhia ao convidado, vez por outra sobressaltada com a possibilidade de ele insinuar uma ida à sacada para admirar a lua que banhava as ladeiras seculares, suas insurreições e amores proibidos.

Dumont imaginou tais cenas muito depois, quando examinava a papelada de Garreto. Naquele momento, no entanto, o que o intrigava era como Marília o havia descoberto e escolhido. Ela disse que sempre acompanhara as notícias sobre os descendentes de Garreto, e ele, Dumont, tinha sido o único a seguir uma profissão razoavelmente relacionada com as letras. E que ele a desculpasse, mas não podia lhe dizer mais nada que identificasse seu antepassado. Pediu apenas que fosse dado um bom tratamento ao que ela com tanto carinho guardara de Garreto, e que sairia dali sem dizer para onde, e que nunca mais se veriam. A ideia de recriar a vida do poeta foi do próprio Dumont ao perceber que, além de pensamentos, poemas e crônicas, o homem tinha deixado também uma musa, uma platônica deusa de uma rua de Ouro Preto condenada a um casamento rigidamente feliz.

Foi assim que Marília entrou e saiu de sua vida: com algumas frases e dois mistérios. Ainda bem, pensou Dumont, enquanto desembrulhava a matula amorosa repleta de jornais velhos, algumas fotos muito borradas onde se via um amontoado de homens de chapéu, de tal forma mal impressas que qualquer um deles poderia ser Garreto. O jornal onde ele escrevia suas crônicas tinha sido muito popular certa época, uma publicação católica cujos cânones editoriais se transformaram, com o tempo, numa tribuna fascista, onde se imprimiam opiniões de dedos-duros, sequestradores de padres, pequenos gângsteres e alguns notórios subliteratos acadêmicos. Dumont pensou que lá seria fácil descobrir a verdadeira identidade do poeta, uma vez que nos registros de pagamento dos colaboradores deveria constar algum recibo em seu nome, ou uma ficha com seus dados pessoais, hábitos suspeitos, lugares que frequentava, autores preferidos, tendência política e minúcias afins. Aquele tipo de gente que dirigia o jornal adorava fichar os outros. Anotou essa possibilidade e voltou a examinar o material.

Nenhuma carta para Marília. Muito compreensível, pois se tratava de uma senhora casada com um político do interior que devia ser da estirpe que levava a honra às últimas consequências, e ela, tão cuidadosa, jamais se denunciaria assim. Mas havia um polido agradecimento ao marido pela "inesquecível noite naquele cenário histórico", um cartãozinho com seu pseudônimo impresso. Nenhum poema dedicado a uma possível Dorotéia, que isso seria imprudência demais. A maioria das crônicas estava recortada e colada novamente, como se algum anúncio as interrompesse. Uma delas comentava um Congresso Eucarístico da época, cujo hino, uma longa letra cheia de pontos de exclamação, merecera considerações entusiasmadas de Garreto. E Dumont logo ficou imaginando o olhar translúcido do poeta contemplando a paisagem através da janela do trem na viagem de volta, ainda enevoado pela noite anterior e solfejando com suas liras os primeiros quatro versos do hino:

> *Qual resplende em manhãs purpurina*
> *O sublime clarão do arrebol!*
> *Sobre o altar das montanhas de Minas*
> *Brilha a hóstia, mais fúlgido sol!*

Dumont olhou pela janela de seu apartamento as nuvens escuras rondando os anúncios luminosos, o barulho do trânsito abafando as harmonias dos hinos de sua primeira comunhão, os rolos de fumaça se perdendo para trás do trem de sua primeira viagem ao Rio. *És a esmola divina do amor!*, lembrou.

Um pacote à parte continha um maço de folhas grampeadas, onde estavam colados os capítulos de um folhetim publicados mensalmente numa revista feminina, cujo personagem principal era uma mulher do interior que narrava seu romance imaginário com um homem que ela havia visto apenas uma vez na vida. Dumont reconheceu aí o recurso literário fácil: inverter o narrador, contar o que se vê no espelho, esconder-se como um delator previamente arrependido. Por detrás do sol matinal, das flores do campo, da angústia daquela mulher, dos olhares sofridos dos personagens, estava claro o caso entre Garreto e Marília, e que aquele era um contato tão erótico como o fato de ele se travestir numa mulher quase débil mental que escrevia mensagens cifradas achando que ela, Marília, iria entendê-las e guardá-las num ponto qualquer entre o sutiã e o coração. Mas o folhetim estava incompleto. Ou ele havia desistido de continuar a escrevê-lo, pois era uma historinha muito ingênua, ou a revista saíra de circulação antes que ele o terminasse, ou quem sabe o próprio folhetim da vida dele tivesse acabado antes, naquela noite que Dumont imaginara ter sido sua última noite, ou, ou, ou. Nunca vi uma história tão babaca, pensou Dumont. Mas intuiu logo que não deveria ficar pensando assim, sob pena de que sua própria história também se tornasse uma babaquice. Era preciso, portanto, inventar algo mais excitante, uma tragédia qualquer no enredo, um crime, talvez. E o anonimato no qual Garreto se refugiara e a exigência de Marília de que assim se conservasse eram um bom pretexto para se inventar a tal tragédia.

Dirceu Dumont desceu do táxi alguns quarteirões antes do antigo *Correio Católico*, o jornal onde Álvaro Garreto costumava publicar suas crônicas. Não estava muito certo do local, mas sabia que o velho prédio amarelo ficava numa daquelas ruas transversais que surgem de repente entre os becos e vilas que espreitam a avenida que leva ao bairro Floresta, um bairro tão esquecido no tempo pelo progresso que só costumava ser citado no resto da cidade quando alguém se lembrava da época em que seu ar, de tão puro e límpido, tornou-se nacionalmente famoso a ponto de ser recomendado para o tratamento de tuberculosos ilustres como Noel Rosa, ainda que, em poucos meses, sua monotonia devolvesse o compositor aos braços da boemia de Vila Isabel e da morte. O que talvez tenha sido sua opção mais sensata, pensou Dumont, lembrando-se daquela vizinhança de saudáveis velhinhos conversando nas portas das casas, com um olho no namoro das filhas na varanda e um tom de reprovação para os preços do armarinho ou do açougue, condenando em voz baixa os desmandos e a demagogia da ditadura de Vargas.

O fato é que o bairro mudou pouco, seguiu pensando Dumont, enquanto passava em frente ao randevu da Zezé. Uma nova agência bancária, uma discoteca temporariamente na moda ou um grande supermercado serviram apenas para realçar o contraste com o que continuava cada vez mais velho, como o antigo muro do casarão do outro lado da rua que por muitos anos ocultou dos olhos da população os magistrados, políticos e tantos nomes de avenida que o frequentavam depois de seus expedientes para saber da Zezé se havia chegado do interior alguma franguinha nova que, que depois de apresentada ao doutor, seria gentilmente conduzida à suíte do segundo andar, e lá se sentaria em seu colo ouvindo conselhos paternais enquanto ele, com todo respeito, a livrava lentamente da anágua e da combinação entre palavras cada vez mais confusas e suspiradas, até se calarem com o primeiro toque do bigode no bico do peitinho recém-nascido. Pois o randevu da Zezé tinha esse grande conveniente, o de ser contraditoriamente manjado e discreto, além de fiscalizado pela Saúde Pública e asseado o bastante para que um pai de família pudesse confiar aos seus cuidados o filho que acabava de completar dezoito anos, com o velado sinal verde para que fosse lá desmamar simbolizado por alguns contos a mais em sua mesada normal.

Acho que é descendo à direita, foi se orientando Dumont. Um prédio amarelo, no meio do quarteirão. Mas nem foi preciso procurar muito, pois de longe dava para reconhecer o fusquinha da reportagem estacionado sobre a calçada. Dumont lembrou-se imediatamente que esse mesmo jornal havia publicado uma extensa matéria sobre a falta de educação no trânsito, mas tudo bem. Desviou-se do carro e das pernas do motorista que cochilava com a porta aberta e conferiu no pórtico do prédio o novo nome do jornal: *Correio Montanhês*. Tudo coerente, pensou: no meu tempo isso era nome de puteiro.

A moça deixou de lado a revista de palavras cruzadas e olhou para Dumont sem nenhum interesse:
— Às ordens.
— O negócio é o seguinte: estou fazendo uma pesquisa sobre um antigo jornalista e precisava de umas informações. Quem é que pode me ajudar?
Ela não soube informar, ninguém costumava pesquisar nada ali, mas sugeriu a ele que procurasse alguém na redação:
— É logo à direita, subindo a escada.
Dumont subiu, notando que era a segunda vez que virava à direita desde que pisou naquela rua. Tudo muito coerente, pensou. Umas quatro mesas apenas,

com suas velhas máquinas Remington. Um sujeito, com o pé sobre a cesta de papéis, lia um jornal de outra empresa e tomava café num copinho de plástico. Mais ao fundo, falando ao telefone, um cara que se parecia demais com o Rezende, o colega de Dumont no *Diário do Estado* que fora demitido por ter dado uma opinião política contrária aos interesses da diretoria numa matéria sobre a repressão às passeatas estudantis no governo de Costa e Silva. Chegando mais perto, Dumont viu que debaixo daquela barba e dos óculos quem estava era realmente o Rezende, o mesmo cara valente que perdeu o emprego por causa de suas convicções. Agora ele estava ali, no *Montanhês*. Onde todas as putas acabam, Dumont ia consolidando sua tese sobre a coerência.

Rezende estava telefonando de costas para a redação e Dumont achou melhor esperar por ali mesmo, sem interrompê-lo. Ficou olhando a papelada sobre a mesa, e não foi difícil concluir que ele agora era repórter de polícia. Um relatório policial estava bem à vista, e podia-se reconhecer, no boletim de ocorrências, a inconfundível gramática da tropa: "A RP 93, chefiada pelo Cabo PM Araújo, compareceu à Barreira da BR-135 às 23:25 horas, onde Rafael Ribeiro de Oliveira, 28 anos, solteiro, residente à rua Mercês Monteiro, n° 150, Bairro Maria Gorete, e Wanda Cláudia, 21 anos, solteira, residente à Rua Major Lopes, n° 118, Bairro Carmo Sion, vinham como passageiros do ônibus de Conselheiro Lafaiete. Os dois namorados não respeitavam os demais passageiros, beijando, abraçando, porém chegou um momento em que Rafael tirou o pênis para manter relações sexuais com a namorada, mas foi detido pelo Soldado PM Rolim do RCM que viajava no referido coletivo. Ambos foram conduzidos à Delegacia de Plantão". Dumont riu baixinho da coerência fatal: Rolim, o nome certo para a missão.

 À direita — como sempre —, isolado da redação por uma divisória de vidro, havia uma espécie de gabinete até certo ponto luxuoso, se comparado ao resto das instalações. Era composto por uma mesa grande, uma estante e uma poltrona de estofamento azul-marinho, à qual se sobrepunha, na parede de trás, dentro de uma moldura de jacarandá, algo que pareceu a Dumont algum tipo de paramento religioso. Ele forçou a vista e viu que, pendente da fita de cetim furta-cor, luzia a Medalha do Pacificador, de acordo com o que estava escrito no diploma que servia de fundo à honraria, a qual fora concedida a Afonso qualquer coisa — a letra imitando caracteres góticos e o laço da fita dificultavam a leitura do resto do nome — "por relevantes serviços prestados aos órgãos de segurança e informação". Dumont ouviu um palavrão e o barulho do fone sendo batido com força, e se voltou para Rezende. Os dois se encararam assustados:

 — Dumont, puta merda, você por aqui?
 — Oi, Rezende.

— Que legal, cara, como foi que você me achou neste pasquim?

Dumont ficou sem ação:

— Não foi bem isso...

— Senta aí, cara. Quer um cafezinho?

— Agora não, Rezende. Estou com um pouco de ressaca, você entende.

— Claro. Continua o mesmo. Então, porra, há quanto tempo?

— É, quanto tempo...

— Então?

— Eu estava olhando aquela medalha.

— É condecoração do Cobra.

— Cobra?

— O dono desta merda. Ele entregou uma porrada de gente durante a ditadura e agora só anda cercado de capangas. Jurado pela esquerda e pela direita.

— É por isso que tem esse apelido?

— Não, o apelido foi ele mesmo quem inventou, no tempo em que achava que jogava bola.

— E você, como é que você veio parar aqui?

Rezende acendeu um cigarro, bem devagar.

— Você sabe como é...

— Bom, eu queria mesmo é que você me ajudasse numa coisa que estou tentando fazer.

— O que eu puder.

— É. Eu estou pesquisando um cara que publicava aqui quando isto era jornal de padre.

— Não era bem de padre. Era mais de uns carolas que defendiam a tradicional... Aqueles caras de antigamente... Você se lembra...

Dumont percebeu o embaraço.

— Pois é, estou querendo pegar umas informações sobre ele e pensei que aqui vocês tivessem um arquivo, qualquer coisa assim.

— Se for do tempo dos carolas, não tem mais nada. O Cobra vendeu tudo como jornal velho.

— Bom, não deixa de ser jornal velho. Mas será que não tem nada aí sobre ele?

— Ele trabalhou aqui quando?

— Acho que na década de 40, começo de 50, por aí.

— Ah, não deve ter mais nem cinza. E o nome dele?

— Álvaro Garreto. Cronista e poeta.

— Nunca ouvi falar.

— É, pra mim também era novidade. Sacanagem, esse jornal era a única pista que eu tinha. Será que o Cobra não consegue com os amigos dele da TFP, com os padres...

— Olha, se for depender de padre, pode desistir. Eles acham que o Cobra é o próprio diabo. Tiveram umas briguinhas políticas, um escândalo meio esquisito, sabe como são esses caras.

— É, eu li qualquer coisa assim uns tempos atrás. Bom, Rezende, foi ótimo te ver. Ah, como vai sua mulher, tudo bem?

— Acabou há muito tempo. Depois que eu perdi o emprego, morar no interior, sabe como é...

— Imagino. Sinto muito. Mas você me parece bem.

— Eu estou bem, sim. Aquilo já passou. Tem muita mulher no mundo. E você, aonde tem ido? Faz tempo que a gente não toma umas.

— Eu tenho ido muito ao Xuxu, você conhece?

— Sei, aquele bar da Savassi. Ainda existe aquilo?

— Existe. Não é mais o mesmo, mas dá pra tomar umas ainda. Aparece por lá.

— Apareço sim. Qualquer hora.

— Pinta lá, cara. Foi um prazer te ver de novo.

— Desculpe não poder te ajudar.

— Tudo bem. Até.

— Te levo até a porta.

— Pode deixar, não precisa.

— Olha, se você me esperar uns cinco minutos posso te dar uma carona. Vou ter de dar uma chegada na Secretaria de Segurança mesmo.

— Você me deixa na Praça da Liberdade?

— A Secretaria é lá, porra!

— Ah, é. Eu estava pensando que você ia pra Lagoinha, passar pela Praça da Estação, eu podia pegar um táxi lá. Ressaca, entende? Mas a da Liberdade me deixa quase em casa.

— Confundindo Secretaria de Segurança com cadeia... A noite ontem deve ter sido brava.

— Não é tão diferente assim... Tá legal, vamos lá.

— Te aguenta aí.

Rezende deu mais dois telefonemas. No primeiro, falou umas três frases, ouviu um pouco e desligou ameaçando: "Mas é pra hoje, cacete!" No segundo, um pouco mais demorado, ficou apenas sussurrando. Desligou com um sorriso. Pegou o paletó e disse para Dumont:

— Hoje tem.

Dumont não perguntou o quê.

Os vendilhões estavam acabando de montar seu mercado das noites de quinta-feira sob as asas do Palácio da Liberdade e a Praça já fervilhava de barracas atulhadas de túnicas orientais e odaliscas do interior oferecendo todo tipo de artesanato, quadros de pintores primitivos, cerâmicas de primatas, sandálias, bichos de pelúcia, cachorros-quentes, anéis, quitutes e copos descartáveis que se amontoavam em volta do coreto e das palmeiras, quando Rezende interrompeu o que vinha falando para xingar o trânsito já atravancado por paqueras, ônibus e carros oficiais que se fechavam na ânsia de abrir seus espaços na marra. Disse ao motorista que parasse em qualquer lugar e se despediu de Dumont se desculpando pela pressa, mas que precisava encontrar-se com um delegado ali na Secretaria e já estava atrasado, que tinha se esquecido da porra dessa feira, que depois eles se encontrariam, e tudo mais. O carro parou numa rua lateral e Rezende desceu correndo, sumiu no meio da confusão e só pôde ser visto de novo quando subia, de três em três, os degraus daquela arquitetura cinzenta que servia de fundo para o barulho colorido da praça.

— Bom, companheiro, obrigado — disse Dumont para o motorista, que já havia se recostado no banco e fechado os olhos.

Dumont bateu a porta do carro com força, fazendo o homem sobressaltar-se, mas não olhou para trás. Não se importava se o motorista tinha ficado puto ou não com seu gesto, nem mesmo se questionou por que havia batido a porta com tanta força, mas o fato é que batera com vontade e isso o aliviava de qualquer coisa, não sabia bem o quê, que o motorista, o tumulto e a vaga sensação de estar sendo empurrado para fora de sua estrada representavam para ele. Foda-se, disse baixinho, enquanto descia na direção da Savassi.

Foi andando devagar, reparando que os bares já estavam cheios, mas sem se fixar em nenhum rosto, nenhum riso, nenhum beijo entre as mesas espalhadas nas calçadas. O trânsito estava cada vez mais movimentado e ele teve que esperar algum tempo para atravessar a avenida, e só então, ali parado e olhando distraidamente as pernas de uma garota a seu lado, percebeu que nem decepção ele estava sentindo pelo que o ex-colega havia se tornado como profissional e como pessoa. A sua geração estava cheia de gente assim, e ele mesmo, Dumont, já não se reconhecia tão capaz de se indignar com as coisas. Tanto carro, tanta gente, ele sentia apenas cansaço. O crepúsculo, que tanto arrebatava o poeta Garreto, era, para ele, apenas isso: cansaço. Seguiu descendo sem pensar em nada, desviando-se de carros, pivetes e mulheres carregadas de embrulhos, até que o Xuxu se materializasse concreto à sua frente. E foi se sentindo assim, cansado e vazio, que ele enfim sentou-se em seu lugar de sempre, perto da janela, esticou as pernas e ficou esperando que o garçom viesse lá de dentro com o chope, a caipirinha e o bloco em branco.

Em branco como o resultado de sua ida ao jornal. Suas linhas, que subitamente pareceram a Dumont uns trilhos apenas bem-comportados, já não sugeriam a ele ser a direção certa para seguir o rastro de Garreto, ou, como havia imaginado num momento de empolgação, as cordas que resgatariam o poeta de escuridão para ressuscitá-lo gloriosamente na forma de um romance, nem que fosse na mera pele de um personagem cuja vida e obra teriam o objetivo de consagrar a vida e a obra de seu autor, Dirceu Dumont. Era nisso que ele pensava, talvez com um dissimulado remorso, enquanto tentava formar na imaginação o que poderia ser o rosto de Garreto, mas sentindo que o que se delineava em sua mente era um rosto já quase esquecido, e que o puxava aos poucos, apesar de uma vaga resistência, de volta ao seu próprio passado.

E era como se este copo parado no resto de chope fosse se enchendo com o Forestier da cor das unhas dela. Luiza sempre voltava assim em suas lembranças, pelas mãos sobre a mesa, na cabeça baixa e no silêncio da última vez. Mas agora ele revia seus anéis em torno da taça de vinho e o jeito de secar um lábio com o outro antes de começar a falar, deixando cair sobre o rosto os cabelos que acabara de jogar para trás. Via sua boca se movendo com rapidez, os dedos no ar sublinhando as frases e só pousando no braço dele quando se interrompia num tira-gosto, num cigarro ou numa revelação murmurada. Ela estava ali, nítida, mas o que dizia não tinha som. E ele trocava — fade-out, fade-in — essa imagem por outra, de olhos semicerrados, esparramando os cabelos nas rendas do travesseiro e apertando com esporas afoitas os flancos dele que a observa como um assassino, a vida da presa se debatendo sob ele, a cena se repetindo nos muitos espelhos que os vigiam com suas lanternas avermelhadas, um facho de luz que vai se tornando denso em sua memória até se fixar concentrado na cor das unhas dela quando por fim retira sua mão das garras que a seguravam sobre a mesa, e a dirige para o esguio copo de vinho para estrangulá-lo, os olhos cravados na cadeira vazia em frente.

Sam arrancou a rolha do Marjolet tinto e serviu um pouquinho para que Rick o provasse, enquanto os pequenos aparelhos embutidos destilavam os acordes de As *Time Goes By*. Dumont pedira vinho quase sem perceber, mas agora que já fora servido achou que seu instinto estava certo, que o chope já estava morno, que seria melhor variar, sacudir um pouco o ânimo arrastado que o vinha puxando para baixo o dia inteiro. E notou que o bar já estava bastante cheio, uns caras de gravata pedindo ao garçom que juntasse duas mesas porque vinha mais gente, duas mulheres escolhendo um lugar ao lado num farfalhar de pulseiras e sacolas, a vida até que não era tão ruim assim. E foi agarrado a essa constatação que Dumont se dirigiu ao toalete, passou um pouco de água no rosto e confirmou no espelho que estava tudo bem. Um mínimo de pentimento com a toalhinha de papel, o carbono e o suor do dia jogados na cesta, o mau rascunho atirado longe, surgia na frente de Dumont um presente refrescado e só um pouco comprometido por algumas estrias rosadas nos olhos e o amarelado dos dentes que ele arreganha e esfrega e sorri com a brancura possível. Deixa ali dentro o que sobrara dos velhos chopes e sente, ao abrir a porta, a aragem com cheiro de coisa nova vindo da lavanda do toalete e do ventilador, e o perfume dessas mulheres, e o displicente desfile por entre as mesas até o seu canto, o seu vinho, a cadeira vazia em frente que, no entanto, agora ele poderá ocupar com o poder de sua imaginação.

Portanto, quem está ali sentada é Marília. Os chuchus murchos do muro são transportados para o alto das janelas como samambaias pendentes de vasos de xaxim, e a luz que corta a superfície do vinho é a luz da lua, com todos os seus séculos, amores, terrores e maus poemas, ainda que resistente como símbolo de suavidade, de placidez, de ternura, de regaço, de frio, de palidez e de morte. Dumont sentiu então que o caminho não era esse e achou melhor beber logo o tal luar, deixando apenas um leve tom prateado na copa da árvore lá fora e substituindo o néon da loja da esquina pelo lusco-fusco mortiço das mariposas atacando os lampiões de gás. Tentou ainda vários itens rabiscados no bloco, criar novos cenários, ambientes, pensou em estações ferroviárias com seus lenços, malas e chapéus, imaginou piqueniques e saraus, desconfiou que o melhor talvez fosse abandonar de vez esse projeto porque, afinal, tudo que ele começava acabava indo para o lado da ironia, e que essa ironia estava ficando amarga como o vinho dessa segunda garrafa e só servia para que ele não reconhecesse que quem estava ali sentada à sua frente não era a Marília de Garreto. Era Luiza.

Garreto talvez narrasse essa aparição como uma bola de fogo explodindo em mil sóis atirados ao infinito de sua alma, até se esmaecerem em estrelas numa luz serena e calma. Dumont não faria isso. Para ele foi como a súbita clareza de quem acaba de levar uma porrada ou desperta de um pesadelo debaixo de uma cachoeira. E foi assim, com os olhos escancarados diante da aparição, que ele começou a desenhar no encosto da cadeira o rosto dela. E foi sem pressa, sossegado como se uma derrota apenas servisse de alívio e com a mão pacificadora de quem pretende fazer uma carícia, que ele foi revelando, linha por linha, os fios negros que lhe desciam por sobre os ombros, acendendo os frios cacos verdes que o encaram sob o traço feito à navalha das suaves sobrancelhas, a imagem surgindo devagar, o mais devagar que ele pode, contando com o tempo para se recuperar e ordenar que aquilo permaneça como deve ser: uma imagem, um retrato antigo. Ainda que, em meio às conversas e ao som das músicas que o sobrevoam, ele consiga distinguir a voz dela em diferentes tons, em ritmo de preparação, início, riso, confidência, silêncio e fim. E fim, diz ele em voz alta, ao mesmo tempo que se assusta com o casal postado à sua frente, olhando para ele com um olhar divertido.

Foi o primeiro sorriso que Rezende conseguiu dar naquelas últimas horas. Desde o momento em que se despediu de Dumont e correu para a Secretaria, uma antiga angústia se incorporou ao barulho da praça, foi crescendo na medida em que subia os degraus e se instalou nele ao ver a arma do sentinela, seu olhar atento e desconfiado para a credencial do jornalista tremendo entre os dedos. O mesmo pavor heroico que sentiu ao notar a altura das pilastras no dia em que fora destacado para cobrir a apresentação à imprensa de alguns terroristas assaltantes de banco, quando já repercutia sua matéria sobre a repressão. Não eram terroristas; apenas alguns ladrões comuns que ali estavam cabisbaixos e com os corpos cheios de hematomas. Rezende, discreto entre os outros repórteres, acreditou que o delegado Santana, através dessa exibição, estava dando um aviso. Estava mostrando o que era capaz de fazer com quem caísse em suas mãos, com o respaldo do secretário-adjunto que, sentado a seu lado, apenas ouvia com ar de tédio as explanações de seu subordinado sobre a eficácia da máquina policial. E relatava com detalhes a captura dos bandidos, fazendo pausas para encarar os repórteres, e Rezende imaginou que, ao fitá-lo, o delegado demorou-se mais um pouco na pausa. E, mesmo depois de tanto tempo, mesmo depois das muitas vezes em que fora obrigado a entrevistar o delegado Santana, aquele instante o agarrava pelo pescoço. Só que, desta vez, depois de avisar timidamente ao recepcionista que queria falar com o delegado e que este o estava esperando, entrou e se deparou com um homem envelhecido e gordo que, ao vê-lo, tentou afobadamente esconder na gaveta algumas fotografias sobre as quais estivera debruçado, o que fez com que uma delas, num voo planado, viesse pousar suavemente a seus pés. Tratava-se da fotografia de uma mulher nua, com as pernas escancaradas, a língua de fora e os olhos esbugalhados, caída atravessada sobre uma cama. Rezende apanhou a foto e devolveu-a ao delegado que, sem conseguir despistar a expressão de menino apanhado em flagrante com uma revista de sacanagem na mão, explicou que aquilo era a perícia sobre um crime sexual. Mas já pegamos o tarado, informou. Rezende sabia que isso não era vantagem nenhuma, a polícia não tinha realizado qualquer proeza nesse caso, pois o homem, depois de estuprar e estrangular a mulher, ficou várias horas sentado ao lado do corpo e não esboçou gesto algum quando os policiais chegaram com o previsível aparato, alertados pela vizinhança. Era apenas um garoto esquizofrênico que, depois de seduzido pela mulher, assustou-se com o próprio gozo e a atacou, e depois a luz se apagou para ele. Rezende sabia disso pois ele próprio havia feito a cobertura do crime, mas mesmo assim chegou a ter pena do embaraço do delegado. O velho Santana, que anos atrás o matava de medo, era só aquilo agora: um policial de gabinete à espera da aposentadoria e que se masturbava mentalmente com a imagem de um estupro. Era o que Rezende via: depois de tantos anos de violência, e talvez por recompensa por serviços prestados não se sabe a quem, Santana fora encostado na pequena sala da Assessoria de Imprensa com a missão de fornecer aos jornalistas as notícias filtradas pelas autoridades, na esperança de que não fossem correr as delegacias ou testemunhar os esfarrapados do Depósito de Presos. Selecionava as ocorrências e as passava a quem se interessasse por elas, mesmo sabendo que não enganava ninguém. Rezende era dos poucos que o procuravam, talvez porque seu jornal não fizesse muita questão de ir além das versões oficiais, ou porque, como naquele instante começava a entender, era reconfortante assistir à decadência do homem que, para ele, representava o seu próprio fracasso. E esta constatação o fez se sentir mesquinho. E quase sentiu ternura pelo delegado Santana. Anotou algumas notícias e se despediu com um aperto de mãos, sentindo na sua os dedos ásperos que, havia pouco, alisavam com tristeza o corpo da amante morta. Voltou ao jornal e redigiu suas matérias, que entregou ao editor sem nenhum comentário. Depois foi até o boteco da esquina, bebeu o traçado habitual de uma golada, saiu sem esperar o troco, andou os três quarteirões que o separavam de sua pensão, tomou um banho frio, vestiu-se e encostou a cabeça no espelho do banheiro durante um minuto. Então olhou firme em seus próprios olhos, disse foda-se e foi se encontrar com Bárbara, essa loura que, com um olhar divertido, está a seu lado ouvindo Dumont dizer fim e se assustar com o casal postado à sua frente.

Ainda rindo, Rezende apresentou Bárbara a ele:

— Esse cara trabalhou comigo muitos anos.

Dumont tirou a perna de cima da cadeira e se levantou, levemente irritado com o exagero de Rezende.

— Prazer, Dirceu. Vamos sentar, gente.

Bárbara tem a mão quente, ele notou. Cabelos cacheados, olhos castanhos. Ao se inclinar para sentar-se, mostrou que sob a blusa dançavam seios soltos, firmes. Ela se aprumou e ficou olhando em seu rosto. Rezende chamou o garçom.

— Você agora toma vinho, Dumont?

— É bom, quando a gente está sozinho.

Rezende pôs a mão sobre a de Bárbara:

— Você precisava ver a pinga que esse cara tomava na nossa época. A turma toda, pensando bem. Porra, era uma barra...

Dumont notou que Rezende ficou meio arrependido por tocar nas lembranças daquela época, e não se conteve:

— Você também mudou muito, Rezende.

O garçom chegou e eles se descontraíram. Pediram mais vinho, mas Bárbara queria só um refresco. Enquanto iam sendo servidos, Dumont descobriu o que o estava incomodando: o nome dela, Bárbara. Primeiro, foi Marília. Fechava-se o triângulo, com ele próprio. O vinho apocalíptico voltava a pôr em movimento sua imaginação, e, por alguns instantes, ele encarou a mulher como se a verdadeira História estivesse se desvelando naquela cadeira em frente, a cadeira da musa de Garreto. E de Luiza — acordou. E procurou retomar o papo rapidamente:

— Você sabe por onde andam aqueles caras, Rezende? A turma do jornal?

Rezende demorou um pouco a responder. Havia reparado o modo com que os dois se olharam e notou que Bárbara não tomara conhecimento do seu toque de mão, como se sobre a dela estivesse um guardanapo, ou nada. Virou o vinho de uma vez, voltou a encher o copo.

— Não tenho visto ninguém, não. Soube que o Gralha se casou com a filha de um ministro e arranjou uma boca em Brasília. O Tacão está numa agência de publicidade, nem sei... Ah, você se lembra do Robertinho? Morreu.

— O quê, o Robertinho?

— Suicidou, cara. Logo ele.

Ficaram em silêncio, mas logo o garçom veio com outro vinho.

— E você, Dumont, aquele negócio de pesquisa, você anda fazendo o quê?

— Tirei licença no jornal para escrever um livro. Acho que descobri um assunto ótimo. A pesquisa faz parte do esquema.

— Sobre o quê que é?

Dumont deu um sorrisinho:

— Ainda não posso dizer. Nem eu mesmo sei direito.

Bárbara tentou dizer alguma coisa, mas Rezende não deixou:

— Tá bom. Não quer falar, não fala.

— Não falo, não — fechou Dumont olhando o braço nu de Bárbara sumindo na manga bamba da blusa, as primeiras pontas dos cabelos, a certeza de que aquilo já havia acontecido antes, ou que está para acontecer.

— Está bem, Rezende — concedeu Dumont tentando distrair-se da atração pela mulher e evitar que o ambiente ficasse pesado. — É sobre o tal poeta que escrevia no seu jornal. Parece que o cara teve certo nome na época dele, mas nunca passou disso. Outro dia uma coroa me procurou com uns recortes antigos dele, e achei que eles tivessem tido um caso meio esquisito, meio platônico. Como não tenho notícia de nenhum livro dele, imaginei que fosse um cara batalhando com dois romances que nunca aconteceram, o com a mulher e o literário. A ideia básica é fazer que esses dois romances aconteçam.

Bárbara ouvia com interesse enquanto Rezende virava outro copo.

— Você podia ir mais devagar, Rezende — ela ordenou.

Dumont não deixou escapar: ela se dirigia ao companheiro chamando-o pelo sobrenome. E então, voltando-se para ele:

— Vai ficar muito interessante, Dirceu.

E pediu que lhe acendesse o cigarro.

Dumont encheu o copo de Rezende e esperou que ele dissesse alguma coisa. O outro estava olhando a toalha da mesa, seguindo com o dedo seu desenho, parando num buraco feito por brasa de cigarro.

— Você também é jornalista, Bárbara?

— Psicóloga — ela disse isso quase como se fosse um segredo, o queixo apoiado na mão e levemente inclinada na direção de Dumont, fazendo os seios estufarem um pouco. Ele não desviou os olhos e percebeu que ela manteve um sorriso entre as pálpebras. Tentou voltar ao assunto:

— Eu só sei que eles se conheceram em Ouro Preto, há uns quarenta, cinquenta anos. Semana que vem vou dar um pulo lá, saber mais coisas, pode ser que algum velho de lá se lembre deles.

Bárbara não se moveu enquanto o escutava, até se assustar quando a cinza do cigarro caiu sobre a mesa. Dumont molhou a ponta do dedo na língua e o encostou na cinza derrubada, trazendo-a, intacta, para o cinzeiro. O silêncio de Rezende já estava deixando de preocupá-lo.

— Ouro Preto — ela pensou em voz alta. — Tem coisas que marcam a gente.

— É, eu também tenho minhas lembranças, aquela nuvem eterna sobre a cidade, os festivais de inverno, os brucutus da ditadura, as gandaias nas repúblicas — Dumont vagueava, quase se esqueceu que estava falando com Bárbara. Quando distinguiu o rosto de Luiza entre os estudantes que apinhavam o centro de Ouro Preto naquela época, voltou ao vinho e a encher o copo de Rezende:

— Lá era conhaque o dia inteiro.

Rezende resmungou qualquer coisa e se levantou para ir ao toalete, batendo o joelho na perna da mesa. Um passo bambo e ele parou, voltou e virou o resto do vinho. Enquanto acompanhavam seu andar inseguro, Dumont sentiu o joelho dela tocar na sua perna, ficar ali encostado. Mas ela não voltou o rosto imediatamente, rodando os olhos pela decoração do bar, até pousá-los, firmes e silenciosos, nos olhos dele.

— Eu gostaria de voltar lá um dia — disse por fim, soprando fumaça em seu rosto.

Rezende mal teve tempo de abrir a porta do toalete e a golfada vinagrosa esguichou por entre seus dedos, voou paralela ao espelho e se esparramou pelos delicados arabescos dos azulejos. Encostou-se por um instante na parede, até sentir que uma segunda golfada subia por sua garganta. Mas, desta vez, teve tempo de se ajoelhar e enfiar a cabeça no vaso. Enquanto vomitava, percebeu quando alguém entrou e mijou displicentemente, sem ao menos perguntar se ele precisava de ajuda. Imaginou a cara do homem olhando-o com repugnância e esperou que ele saísse. Só então se levantou, conferiu os olhos inchados no espelho e procurou limpar as mãos e o rosto esfregando-se com o sabonete líquido cujo cheiro ameaçou voltar a revolver-lhe o estômago. Deixou a respiração se normalizar e lavou novamente a boca, mesmo sabendo que isso era inútil. Através do nevoeiro, ele enxergou uma cena antiga, um casal surpreendido com as mãos entrelaçadas sobre a mesa de uma boate. Uma cena quase idêntica à que ele viu ao voltar para a mesa, Bárbara e Dumont olhando-se fixamente, envolvidos por um laço romântico que só se desfez quando ele se sentou arrastando a cadeira e batendo o isqueiro no copo para chamar o garçom.

— Pede a conta, Rezende — ela mandou.

Quando perguntou por quê, o bafo amargo o denunciou e ela o encarou com raiva:

— Se você não pedir, vou embora sozinha.

Dumont achou que era hora de intervir, disse que fazia questão de pagar, que eles eram seus convidados. Rezende ainda tentou argumentar, mas sua voz saiu pastosa e difícil. Ela se levantou e pegou a bolsa. Depois se controlou e estendeu a mão para Dirceu, pedindo desculpas. Ele disse que isso era bobagem, mas deixou na palma da mão dela um pequeno papel dobrado. Ela entendeu e guardou o bilhetinho na bolsa, junto com o maço de cigarros.

— Seus dois romances vão acontecer, Dirceu — disse ela, enquanto chamava Rezende para irem embora com a voz mais suave que conseguiu inventar.

Durante a semana em que ficou à espera do telefonema de Bárbara, Dumont pesquisou os mistérios da criação literária. O que tinha à mão não passava de um monte de papéis velhos, uma viúva idosa que dissera chamar-se Marília e um cartão de agradecimento destinado a um político de Ouro Preto que, por algum motivo que agora o intrigava, ele determinara ter sido marido dela. Talvez não fosse nada disso, mas a história precisava de um enredo e nada melhor que um triângulo amoroso para fazer o drama andar. Mesmo desconfiado de que iria trilhar o tema mais batido de todos os romances melodramáticos, Dumont estava decidido a tocar o projeto, ainda que tal espírito se alternasse com fases de descrença e de dúvidas sobre se tudo isso valeria realmente tanto trabalho, e se algum leitor se emocionaria com seu livro, e por que seria que o assunto o tesava tanto, e por que não jogava aquela merda toda fora e deixava de ficar se angustiando à toa, e, e, e. Releu os papéis, fez algumas anotações, bolou dois ou três esquemas para servirem de roteiro ao romance, perambulou pelas ruas para ver se em alguma esquina topava com uma ideia boa, resistiu à tentação de abrir a garrafa de conhaque que flertava com ele entre os livros da estante e descobriu, ao escornar de cansaço ao cabo de seis dias estéreis, que o máximo que havia conseguido com isso era uma enorme vontade de chorar. Mas, no sétimo dia, biblicamente, ela telefonou.

Dumont notou que ela ofegava um pouco ao lembrar-lhe "aqui é a Bárbara, amiga do Rezende", como se tivesse relutado muito em ligar ou estivesse insegura quanto à recepção dele, e, depois de estudar com cuidado seu estoque de truques, resolvido deixar a porta entreaberta para a tocata ou a fuga. A cautela natural de quem tateia o desconhecido, calculou Dumont, pois ela não teria como avaliar o grau de amizade que o ligava ao outro, Rezende, e até onde o fato de haver um "outro" teria algum significado para ele, e se o lance do bilhetinho não tivesse passado de coisa de bêbado, e continuaria assim a desfiar as hipóteses mais elementares se ela não perguntasse se ele a estava ouvindo:

— A Bárbara, já esqueceu?

Como se fosse uma nova baforada em seu rosto, por sobre a mesa.

— Oi, Bárbara. Desculpe, é que eu não estava esperando — mentiu.

Podia ver o sorrisinho moleque do outro lado.

— Estava sim, Dirceu.

— Tá bom, estava.

— Você sabia que eu ia telefonar.

— Como é que você está? — foi ganhando tempo, vendo que ela sabia tomar a iniciativa, não jogava manhoso.

— Estou deitada, Dirceu. De camisola. E você?

Ele sentia o pau endurecer, mas se manteve firme:

— Eu estava perguntando como você vai. Se o Rezende...

Ouviu a risada dela.

— ... conseguiu chegar em casa aquele dia.

— Você se preocupa muito com o seu amigo.

— Ele não é meu amigo. Fomos colegas há muitos anos, só isso — Dumont escancarou a porta para ela entrar.

— Eu queria te ver, Dirceu. O que é que você está fazendo agora?

— Estou escrevendo um pouco — mentiu. — Aquele negócio de Ouro Preto. Está lembrada?

— Claro que me lembro. Aquela transa do século passado. O poeta platônico. Você acredita mesmo nessas coisas?

Dumont lembrou-se de que ela era psicóloga:

— Essas coisas existem sim, madame.

— Tá legal, acredito. E quando é que você vai a Ouro Preto?

— Amanhã cedo. A passagem do ônibus já está comigo.

— Que pobreza, Dirceu. Você não tem carro?

— Tive um uns tempos atrás, mas arrebentei ele num muro. Tomei raiva.

No curto silêncio que se seguiu, ele ficou ouvindo a respiração dela. Podia estar ofegando novamente. Ou soprando outra baforada no bocal do telefone.

— Eu tenho carro, Dirceu. Se você quiser...

E assim por diante: ele deu seu endereço a ela e ela prometeu pegá-lo pelas dez horas; ela perguntou se ele achava se estaria fazendo muito frio em Ouro Preto e se precisava levar a camisola; ele voltou a sentir o pau endurecer e disse que era bobagem, que o frio nesta época do ano era até gostoso, bastava que tomassem um vinho; et cetera; ele voltou a perguntar se ela o pegaria mesmo e ela respondeu que era lógico, às dez horas, e desligou com um beijinho.

Dumont olhava através dos papéis de Garreto enquanto ouvia o sininho do telefone sendo desligado, e permaneceu assim por algum tempo. Os antigos sonetos espalhados sobre a mesa recuperavam a juventude, iam perdendo a tonalidade sépia da velhice, a precária impressão tipográfica substituída por uma caligrafia cheia de pretensões a mensagens que talvez chegassem um dia aos olhos umedecidos de Marília e tremeriam entre seus dedos pálidos ao serem dobradas e enfiadas com beato pudor entre as rendas do decote que tentam esconder os seios firmes do outro lado da mesa, o braço nu brotando da manga bamba da blusa, os olhos castanhos, os cabelos cacheados. E então, subitamente, entendeu que estava raciocinando, ou divagando, ou delirando em círculos, correndo atrás do próprio rabo como fizera a vida toda. O conhaque piscou para ele da estante, indicou o copo que ainda guardava as nervuras de batom na borda sobre o prenúncio "Lembranças de Ouro Preto" e sussurrou "vem" através do vento nas frinchas da janela. Dumont foi.

A primeira dose provocou nele, pela ordem, falta de ar, arrepios e uma fina camada de suor em diversas partes do rosto. Esperou o coração diminuir a batucada respirando fundo e tentando controlar a situação concentrando-se no que ele denominava disciplina mental, e que consistia em ordenar os próximos movimentos a serem feitos, como ir ao banheiro, por exemplo. Lavou a cara, passou água na nuca e na fronte e ficou olhando o vaso aberto, à sua disposição. Não foi necessário usá-lo. Mirou-se satisfeito no espelho e voltou à estante. Encheu novamente o copo, supondo que o caminho da segunda dose estivesse aberto e se conscientizando de que tinha toda uma noite pela frente, e que esse seu escritório estava realmente uma bagunça, e que, pelo critério de ordem e disciplina que o iluminava naquele instante, o passo seguinte seria arrumar sua mesa de uma forma mais racional, limpando dela tudo que não tivesse relação direta com seu trabalho, como livros, agenda, catálogo telefônico, jornais e correspondência que, havia alguns dias, conviviam em suspeita intimidade com o material de Garreto. Depois passou um pano sobre a poeira acumulada, dividiu crônicas, poemas, recortes e o folhetim em pilhas próprias, colocou o cinzeiro à sua esquerda e uma bolacha de cerveja para o conhaque à sua direita e tratou, matreiramente, de esconder a garrafa debaixo da mesa. Os subterrâneos do trabalho intelectual, se disse, com um sorrisinho safado. Dumont chegou a suspeitar que estava se sentindo feliz, mas resolveu espantar a ansiedade com um desdém e uma determinação que ele tinha certeza que eram falsos. Ao trabalho, ordenou-se.

A leitura das primeiras crônicas, no entanto, o levou a tomar mais duas doses de conhaque. O que tinha à sua frente era um amontoado de textos que discorriam superficialmente sobre fatos absolutamente corriqueiros, datas comemorativas e contidas loas a deputados e governantes, sem se esquecer da exaltação ao aniversário do dono do jornal e de sentidos registros pelo passamento de diversas personalidades, independente do que realmente tivessem sido ou significado na vida. Na pilha dos poemas, o que mais chamou sua atenção, além da metrificação evidentemente forçada, era a pobreza das rimas, os lugares-comuns e expressões como "alvorecer", "varonil", "altaneiro", além de um certo "clarão do arrebol", que brilhou aos olhos de Dumont como o sol se elevando por sobre o altar das montanhas de Minas. E o folhetim, naquele momento, o desanimava. Voltou a empilhar o material, preparou uma nova dose e recostou-se na cadeira, descansando os olhos num quadro do outro lado da sala cujos traços estavam ofuscados pela luminária acesa acima de sua cabeça. Assim iluminado, sozinho e com o copo de conhaque na mão, Dumont teve a sensação de que era o quadro que o contemplava de sua penumbra, possivelmente com um olhar crítico e reprovador, e sentiu a pontada de pânico do ator estreante buscando a reação da plateia e topando com o colar de spots do palco fechando em torno de seu pescoço e afogando-o na escuridão.

E foi como se dezenas de telinhas de TV estivessem sendo ligadas uma a uma em volta dele. Na primeira, sobre uma tomada panorâmica de Ouro Preto ao entardecer — o ouro fulvo do ocaso, de Bilac, cobrindo os velhos telhados —, um letreiro acabando de se apagar seguido de outro, "baseado no romance de Dirceu Dumont", e de créditos, elenco, ficha técnica e tudo mais, nomes de inconfidentes, cantores estrangeiros e de pessoas das quais ele nunca ouvira falar. Na segunda, o rosto de Marília como ele a conhecera, envelhecida, olhando através da moldura azul da janela na direção de uma outra janela na parte alta da cidade, que vem crescendo em zoom até tomar todo o espaço da tela e mostrar um amplo salão onde pessoas com vestimentas do século XVIII se fazem mesuras e conversam e se calam ao ver surgir, de uma porta lateral, uma mulher cujo rosto lhe pareceu familiar, e que passa majestosamente entre os convidados até parar atrás de um cavalheiro que contempla, absorto, um grande quadro emoldurado em ouro, do qual enormes olhos castanhos o fitam castamente luxuriosos. A mulher toca de leve em suas costas, ele se volta lentamente e revela a Dumont o que já era esperado: o rosto de Dirceu Dumont. Corta rapidamente para outras telas, sem prestar atenção a discussões, gritos, ameaças e tomadas de rua, até se fixar na cena de uma varanda enluarada que mostra o colo arfante de Luiza se aproximando na medida em que ela, dedo por dedo, enfia a mão pelo decote, liberta um seio e o oferece, como quem liberta um pássaro, aos lábios de Dumont, que, reverentemente, se inclina e o beija, entendendo que o ondular dos dedos dela em sua nuca era o acompanhamento perfeito para o ritmo em surdina do coração onde ele afoga o rosto. E outras telinhas vão se acendendo: um casal saindo furtivamente por uma escada em espiral, o vento gelado da rua balançando sobre eles a tabuleta pendente de um hotel enquanto esperam que o porteiro se desamarrote do sono e se arraste até a porta e a abra com um rangido de má vontade, a comprida escada de degraus gastos e desiguais, o rosto suado que se encosta no seu enquanto abre a porta do quarto e deixa a luz do corredor voar rasante sobre a cama e se deter na janela do outro lado que, quando for afinal aberta, deixará entrar os três primeiros raios da manhã que pousarão em silêncio sobre o corpo pacificado de Luiza.

    Não foram raios de sol, mas uma tênue claridade azulada o que fez Dumont abrir os olhos e ver que o dia vinha nascendo por detrás do concreto paredão de edifícios que, visto através de suas pálpebras pesadas e doloridas, sugeriu a ele uma cordilheira composta por blocos quadrados e sombrios. E, em vez de um corpo de mulher, o que ele tinha à sua frente era uma garrafa quase vazia de conhaque e as pilhas do material de Garreto, cujas folhas, com as margens ainda úmidas, denunciavam a trajetória do copo que ele derrubara ao adormecer sobre a mesa. Ergueu-se desdobrando a coluna devagar, escancarou a janela e se apoiou nos cotovelos para assistir aos primeiros movimentos da rua, dando um tempo para que a brisa limpasse o mofo e o bafo da sala, até que criasse coragem para ir lavar a noite no chuveiro.

    A água quente endireitou-lhe o corpo, mas as cenas do sonho continuavam a se embaralhar em seu cérebro. Enquanto ensaboava o pau, lembrou-se de que Bárbara chegaria por volta das dez horas. Ao fazer a barba, cortou-se ligeiramente e pôde notar que suas mãos tremiam. Passando a loção no rosto, sentiu-se um pouco melhor. E provou, ao caminhar nu para o quarto, a antecipação da presença de uma mulher ali esperando por ele. Vestiu uma calça de veludo, calçou as botas de campanha e escolheu, vingativo, a blusa de lã que Luiza lhe dera num Natal. Pôs uma jaqueta e uma camisa dentro da bolsa junto com os documentos, o talão de cheques, o bloco de anotações e a caneta. Tudo pronto. E viu que ainda faltavam umas duas horas para Bárbara chegar.

Voltou para a sala, apanhou o copo no chão e foi lavá-lo na cozinha. Tudo com muito esmero, limpando as mínimas marcas que seus dedos haviam deixado impressas e enxugando todas as gotas que pudessem ser percebidas contra a luz. Colocou uma sonata de Brahms e sentou-se novamente em frente ao material de Garreto, servindo-se de outra dose de conhaque. Bebeu com calma, tentando reconstruir na memória as imagens que ameaçavam dissipar-se e agarrando-se à premonição de que, pela forma que elas lhe vieram no sonho, seriam um dia filmadas e mostradas ao mundo, e, e, e. E se imaginou com uma câmara na mão, percorrendo o cenário com a lentidão mais sensual possível. Tomou outra dose, colocou papel na máquina e escreveu:

"A janela fica apenas alguns centímetros acima do nível do telhado do prédio de baixo, como esses casarões coloniais costumam se debruçar uns sobre os outros para ver o que se passa lá fora e se protegerem, solidários, do mundo. Passando a mão no sereno da vidraça, o que surge primeiro é uma tampinha de cerveja, folhas de jornal amassadas, telhas esponjosas e escurecidas, de pronto cedendo o trampolim para o morro lá na frente que devolve a luz do sol ao presépio que ondula entre as ruas tortas, o sino ali e aqui e lá, o azul forte que a chuva de ontem lustrou. As linhas daquelas igrejas, desta janela, são seus santuários, santa paz. Abre a porta com cuidado, olha para trás e não consegue ver o rosto dela, apenas um pé e um joelho mornos saindo das cobertas. Este silêncio vai protegê-la, o ar foscamente prateado. Quando volta com o embrulho de broinhas e o iogurte, ela está no chuveiro, cantando no tom que aprendeu com os pássaros quando a acordaram. Senta-se na cama e fica analisando o desenho na calcinha, que flor seria essa? Ela sai com a toalha enrolada na cabeça e tenta cobrir-se com as mãos, até que ri do próprio susto. De pé na frente dele, o vapor em torno do seu corpo é quase uma aura que ele abraça. Encosta o rosto no ventre úmido de sabonete, o granulado da pele se alastrando e o beijo que separa os cabelos dele em suas mãos."

    Levantou-se, foi até a janela, acendeu um cigarro e voltou para reler o texto. Gostou de algumas coisas, mas não achou aquilo com cara de filme. E as referências de época, será que no tempo de Garreto já existiriam iogurte e calcinha florida? Dumont guardou o texto e tomou outra dose. Um carro buzinou lá fora.

As suaves reentrâncias entre os morros arredondados, cobertos pela penugem anelante da vegetação, ora um tufo de bambus, um filete de água escorrendo pelo dorso da rocha enegrecida pelo tempo, cupins, um bode curioso e alguns pássaros espanados pelo susto. Este era o cenário correndo de encontro aos olhos semicerrados de Dumont que, recostado no banco direito do carro de Bárbara, tentava se distrair do travo que lhe rascava a língua, o tapete de bile e nicotina que forrava sua garganta. Ao inclinar-se para quebrar o vento, viu que Bárbara o observava pela lateral de seus óculos escuros, serena e com um sorriso apenas sugerido.

— Você estava sonhando, Dirceu?

Ele se ajeitou no banco e buscou um cigarro no porta-luvas, acompanhando os dedos dela que giravam o dial do rádio, fugindo dos sambas e dos rocks recortados pela interferência dos morros. Tentou um pouco e desligou:

— Daqui pra frente não dá mais — concluiu.

Dumont estava preferindo o silêncio. Olhava a sandalinha de pano bordado pisando com firmeza o acelerador, a consistência da perna e os pelinhos alourados se esvaindo para o interior das coxas todas as vezes que o vestido dela recuava no movimento de pisar a embreagem, mostrando uma pintinha que deveria estar a menos de um palmo de sua virilha. O sorriso mantido deu a ele a certeza de que ela sabia o que estava fazendo.

— Você até que dirige bem, Bárbara.

— Tenho mais de dez anos de carteira, não precisa ficar com medo, não.

A psicóloga, pensou Dumont. Mas não deixou de se sentir confortável com a segurança dela, as mãos apenas pousadas no volante, a montaria dócil sob seu comando.

— O Rezende... — ele começou.

— Você está preocupado com ele? — ela cortou.

Dumont olhou-a por um instante; ela continuava serena, concentrada na direção.

— "Teus olhos são réus e culpados" — ele recitou para o teto do carro.

— O quê?

— Tomás Antônio Gonzaga, Lira 23.

— "Bárbara Bela", eu sei.

— Não é não. É "Marília de Dirceu".

— Que diferença faz?

— No momento, nenhuma. Nenhuma mesmo.

Ela tocou de leve na coxa dele, a palma da mão queimando.
— "Que o meu destino sabe guiar" — ela continuou.
— "Busca dois modos de me matar" — ele rebateu.
Ela riu:
— O outro Dirceu era bem sacaninha.
— A Bárbara era do Alvarenga.
— Triângulo amoroso, só pode ser.

Dumont colocou a mão sobre a dela, que sorriu enquanto se desvencilhava para passar a marcha e acelerar mais à medida que as curvas da estrada se acentuavam. Percebeu o rosto tenso de Dumont e tomou posse da situação.

Ela é mais doida do que eu pensava, constatou Dumont. Ainda bem.

— Estou sonhando com uma linguiça — ela disse. Fez uma pausa, sorriu e completou: — Com tutu e couvinha.

Mesmo atento às curvas que se sucediam cada vez mais rápidas, ele entendeu a mensagem:

— Nós já estamos chegando, olha a nuvem lá na frente.

Bárbara reduziu a marcha e olhou com desprezo para a rodoviária à sua direita.

— Olha ali sua condução, Dirceu.
— Essa nuvem é eterna. Nunca vi Ouro Preto sem ela — desconversou.

Ela não prestou atenção ao que ele disse, sabia que era bobagem, mas ficou um pouco apreensiva:

— Acho que vamos pegar chuva, isso sim. Onde é que nós vamos ficar?

Depois da longa curva em declive, o paredão da Escola de Minas, o obelisco em que fincaram a cabeça de Tiradentes, a praça escancarada, Dumont comandou:

— Desce à direita.

Desceram, voltaram a dobrar à direita, a Casa dos Contos, a ponte, Dumont ordenou:

— Pare ali.

Viu que ela olhou o prédio desolada.

— Será que não tinha um prédio mais velho pra gente ficar?

— Carlos Drummond de Andrade fez um poema para o Toffolo, Bárbara.

Ela não respondeu. Pegou sua maleta e a bolsa no banco de trás, amaldiçoando internamente esses malditos poetas.

— Você vai gostar — tentou consertar Dumont, lembrando-se confusamente do seu sonho regado a conhaque. — Aqui está a História.

Enquanto esperava que Bárbara arrumasse suas coisas no quarto, Dumont desceu para o restaurante do hotel, pediu uma cerveja e se ajeitou na mesa mais próxima da varanda, de onde podia ver os sinais de fumaça do almoço saindo das chaminés que desciam do outro lado da ponte e que se desfaziam na medida em que alcançavam o morro e seus barracos, a tímida favela que circundava o "Monumento Mundial". A cerveja estava bem gelada, e ele seguiu com alívio seu curso através das areias da garganta. Secou rapidamente a garrafa e pediu outra, já suspeitando de que Bárbara demoraria mais do que o necessário, principalmente por causa do ar de decepção, quase de raiva, que ela demonstrara ao subir os quatro longos lances de escada até o quarto, a maneira como ela olhou o aposento e o tom neutro ao pedir que ele a esperasse lá embaixo. Não tinha importância: eles já estavam ali e, afinal, ele não tinha nada com ela, nenhum laço, nenhuma obrigação. E foi por isso, por já estar se conformando com o possível fracasso de uma bela e fogosa noite de esbórnia, que Dumont se surpreendeu ao ser abraçado por trás e envolvido pelo perfume do rosto refrescado de Bárbara, enquanto ela lhe cantarolava se havia demorado muito. Dumont virou-se e viu que os olhos dela brilhavam, que os dentes dela faiscavam, que os cabelos dela estavam acesos e reluzentes como as paredes das minas da corte lusitana, e que sob a fina blusinha branca o bico afiado de um seio tentava riscar um semicírculo em sua bochecha. Viu que ela se divertia com a sua reação ao afastar-se um pouco para que ele a olhasse melhor, visse as formas de seu corpo amoldando o macio da velha calça jeans, e só então percebeu que ela estendia a mão para ele e o chamava para dar uma volta:

— O dia está lindo, Dirceu. Aquela sua nuvem ficou lá na estrada.

Dumont procurou ganhar tempo bebendo um último copo, indo lentamente ao balcão e explicando com paciência ao rapaz que o servira que era para anotar a despesa na conta do quarto, e reparou nos olhos meio esbugalhados dele que era raro uma mulher feito Bárbara hospedar-se ali. Depois, pegou-a pelo braço e desceram para a rua, puxando-a com delicadeza quando ela fez menção de se dirigir ao carro:

— Vamos a pé mesmo, não faz sentido andar de carro aqui.

Ao passarem pela ponte, pela Casa dos Contos e pelo chafariz, Bárbara ainda mantinha a euforia, olhando tudo como se fosse a primeira vez, quase puxando Dumont pela mão. Mas antes da metade da subida da rua Conde de Bobadela ela arrefeceu, parou para respirar e olhou para ele como se suplicasse. Dumont fez que não percebeu nada e seguiram rua acima, andando em ziguezague na tentativa de enganar a lei da gravidade. Ele notou que a mão dela estava suada, que a respiração dela estava arfante, e, apesar da certeza de que ela não daria o braço a torcer, sentiu-se intimamente vingado, pois, pela primeira vez, era ele quem dirigia os acontecimentos.

Fizeram uma pausa na Praça Tiradentes e, enquanto ela normalizava o fôlego, ficou reparando que o cacheado de seus cabelos estava um pouco desfeito e que alguns fios da franja se pregavam no suor da testa. Ajeitou-os com as pontas dos dedos e ela, como se despertasse, ergueu o rosto e o encarou com seriedade, e ele viu que o castanho dos olhos dela estava quase transparente contra a claridade do dia. Ficaram assim por um momento, um em frente ao outro, em silêncio, até que ele pôs a mão em seu ombro e a conduziu através da praça, e ela deixou-se conduzir. Cruzaram a praça e começaram a descer a rua Cláudio Manoel. Dumont notou que ela olhou com ansiedade para a janela do segundo andar de um prédio à direita, onde certa vez funcionou o restaurante de um hotel que depois foi substituído por uma loja de artesanato e suvenires. Alguma coisa tremia dentro dela, mas ele fez questão de não deixar transparecer que havia percebido isso. Desceram mais um pouco, até que o espaço entre as casas se abrisse e surgisse, afastada por um largo pátio, a igreja de São Francisco de Assis. Ficaram um instante admirando as duas torres cilindradas, cujos chifres apontavam para o céu, e os medalhões da porta com os cinco estigmas esculpidos, Nossa Senhora da Conceição e o próprio São Francisco, um antigo gandaieiro originalmente batizado Francesco Bernardonne, no ato de receber, extasiado, as chagas de Cristo em Mont'Alverne. Sentaram-se no murinho da igreja e Dumont, apontando o número 9 do outro lado da rua, ciceroneou:

— Gonzaga morou aqui.

Ela examinou sem nenhum interesse as muitas janelas da casa, deu o braço a ele e encostou a cabeça em seu ombro:

— Você está ficando igualzinho ao Rezende.

Dumont sentiu o golpe, mas logo entendeu que ela falava como se estivesse na beirada do sono. Não havia agressividade em sua voz, ela não estava batendo em ninguém, parecia estar apenas esperando terminar um filme chatíssimo cujo enredo fosse o fascínio do bemamado que a interessava, mas um interesse cujo preço já estava ficando alto demais.

— Vamos voltar, Bárbara — ele concedeu.

Ela levantou-se submissa e o seguiu de volta à praça. E foi com agilidade que saltou o degrau alto do restaurante da esquina, e foi feito uma menina que escolheu a mesa e se sentou esparramada, abriu o cardápio e desabafou:

— Nem acredito!

— Será que aqui tem a linguiça que você queria?

Ela sorriu e ele viu que seus olhos voltaram a brilhar.

Enquanto Dumont observava Bárbara introduzir, com exagerada delicadeza, um pedaço de linguiça na boca, sua nuvem começou a deslocar alguns rolos negros em direção à estrada de Mariana, mas desistiu da viagem e foi se encontrar com uma outra que até então se mantivera estática, velando e envolvendo o sono do pico do Itacolomi. Despertou-a com um ronco alto o bastante para tirar Dumont da contemplação e ir até a porta do restaurante constatar a penumbra fechando-se sobre a cidade. Voltou para a mesa, empurrou o prato para o lado e esperou que Bárbara notasse sua preocupação. Ela continuava a comer sem pressa, limpando o tutu dos lábios e só levantando os olhos para uma rápida conferida na mesa ao lado, onde uma turma de turistas alemães, na qual pontificava um rapaz extremamente alto e louro, tagarelava suas consoantes e ria muito, risos que soavam em Dumont como deboche, e ele teve certeza disso ao ver o rapaz ajeitar-se para ficar de frente para Bárbara e ela retribuir a manobra fazendo biquinho para outro pedaço de linguiça. Dumont virou sua caipirinha, deu uma profunda tragada no cigarro e resolveu interferir:

— Não vai dar para procurar a casa de Marília — disse a ela. — Vem um chuvão aí.

— Mas a coroa não disse que não ia te ver mais?

— A Marília histórica, a do Dirceu. Eu queria dar uma olhada na casa dela.

— Mas você ainda vai procurar? Não tem o endereço?

— Os caras que eu consultei são contraditórios, mas o poema do Gonzaga dá umas dicas.

— Como assim?

— Ele diz: "passa uma formosa ponte, passa a segunda, a terceira, tem um palácio defronte. Ela tem ao pé da porta uma rasgada janela"...

— Ô Dirceu, deve ter um milhão de casas assim no meio dessa velharia.

— Mas eu sei mais ou menos onde fica, é lá pra baixo.

— E depois ter de subir tudo de novo, depois de comer esse tanto que eu comi. É, meu caro, sinto muito, mas agora eu vou querer é uma boa caminha.

A casa de Marília está lá há mais de duzentos anos, lembrou-se Dumont, esquecendo-se do alemão ali ao lado. Colocou a mão sobre a dela e voltou a recitar:

— "Ornemos nossas testas com as flores e façamos do feno um brando leito."

Ela o olhou com espanto e ele arrematou com malícia:

— "Sentemos, minha bela Marília, à sombra deste cedro levantado."

Ela apertou os dedos dele entre os seus, interpretando o poema do jeito que ele queria:

— Se você não quiser tomar chuva é melhor a gente ir andando, Dirceu. Pede a conta.

Relva úmida, orvalho, penas de cisne, algas deixadas pelas ondas e outras destilações entre pétalas correram pelas antenas de Dumont no momento em que abraçou Bárbara pelas costas e encostou o rosto em seus cabelos molhados. A chuva havia desabado em meio à descida e as capistranas escorregadias da rua exigiram que andassem devagar, com cuidado, não importando que as velhas calhas jorrassem as águas sujas dos telhados sobre eles e tornassem insignificante o chafariz que passou despercebido, e a Casa dos Contos, e a ponte, e a escada pela qual ela subiu esbaforida enquanto ele pegava a chave na portaria sem entender a razão de tanto pânico. E era sobre isso que ele estava especulando ao subir quando ouviu o barulho da porta sendo socada e se alarmou de três em três degraus para chegar a tempo de vê-la soluçando e sacudindo o trinco, numa convulsão que só diminuiu de intensidade ao sentir a mão dele agarrando seu punho e depois seu ombro, e foi arrefecendo até tornar-se um silêncio cabisbaixo que ela arrastou para dentro do quarto, num passo lento que só parou em frente à janela, os olhos vidrados tentando enxergar as gotinhas no outro lado do morro. Dumont aproximou-se cauteloso e abraçou-a pelas costas, forçando-se à possível poesia que pudesse brotar da menina trêmula que acabava de ser salva do naufrágio, ou do desabamento, ou do incêndio, ou das garras dos carrascos da Inconfidência ou de seus fantasmas despertados pelo temporal, ou, ou, ou. E foi evocando destilações entre pétalas que ele deixou escorregar seu rosto pelos cabelos molhados dela até encaixá-lo no frio do pescoço que ela encolhe no exato momento em que uma lágrima se espalha no dorso da mão que se fecha sobre o seu seio. Uma lágrima inesperadamente quente e densa como o suspiro que ela afinal liberta num movimento que faz saltar o bico surpreendido entre os dedos dele e que empurra seu corpo para trás, amoldando as costas ao peito que as encobre, e aninhando, depois de procurar em seu mapa ansioso, o membro que vem crescendo entre suas nádegas. E assim permaneceram o tempo suficiente para a chuva se transformar numa garoa nevoenta esparramada por sobre toda a paisagem. Então ela se soltou dele com delicadeza, foi até o guarda-roupa, vacilou por um instante, mas logo pegou sua bolsa e se dirigiu ao banheiro sem olhar para trás uma só vez. Dumont sentou-se na cama, ajeitou o travesseiro e recostou-se, depois de jogar a camisa molhada sobre a cadeira do toucador. Fechou os olhos e procurou não pensar em nada. Qualquer coisa nessa cena lhe escapava, qualquer coisa como uma calcinha florida, talvez, mas agora ele realmente não queria pensar em nada, chegando mesmo a recusar a ideia de ver a porta do banheiro se abrir e projetar sobre ele a luz do espelho recortada pelo vulto nu de Bárbara crescendo compassadamente em sua direção. E então, como que propulsionado pela força de seus átomos de encontro à débil resistência de Dumont, essa imagem se materializou, e com a mesma aura cintilante da manhã. Ele sentiu a voltagem ciclotímica dela emanando de seu corpo a cada passo que dava e pensou em fadas, em bruxas e em poções miraculosas que pudessem explicar suas súbitas transformações, mas parou seu espanto no momento em que ela deslizou um joelho sobre o seu peito e começou a desabotoar-lhe as calças, descer suavemente o zíper e pousar os pelos do ventre a um palmo da sua respiração contida um instante antes de percorrer o giro de volta e deitar-se a seu lado, ofegando-lhe ao lóbulo da orelha algo que pareceu a ele os acordes de um minueto perdido no século XVIII.

E bailaram todos os passos imagináveis, valsas, polcas, mazurcas e fandangos, até se separarem exaustos num movimento de contradança. Ela escorregou a cabeça para debaixo do braço dele, o que o fez lembrar-se de um passarinho se preparando para dormir, mas manteve-o dentro de si o quanto pôde, sugando-o até a última gota. Então Dumont afastou suas pernas gentilmente e procurou ajeitar a cabeça dela no travesseiro, e depois sentou-se na beirada da cama contemplando a vagina aberta, alguns pingos de orvalho ainda se escoando através da vegetação viçosa. Dumont limpou-a com cuidado, como se realmente acreditasse que ela estava dormindo, e teve certeza de que sentia ternura por ela, achando mesmo que fora ilusão sua o "não, Rezende" que ela murmurou enquanto ele se afastava para ir ao banheiro.

Os sinos de todas as igrejas de Vila Rica ainda lhe tilintavam nos ouvidos quando ele abriu o chuveiro e levou uma rajada gelada, um golpe que suportou quase com prazer. Mas quando se enxugava em frente ao espelho, felicitando-se pela bela atuação, começou a entender o motivo das mudanças de comportamento de Bárbara. Ali, na bolsa que ela havia deixado entreaberta, estava a varinha mágica: um canudo de plástico e o pequeno pacote onde faiscava o brilho de um pó que ele reconheceu imediatamente. Jogou o resto na palma da mão, ficou em dúvida se cheirava ou lambia, mas a fidelidade ao conhaque e o medo do desconhecido o impediram. Preferiu investigar a bolsa e encontrou mais dois pacotinhos intactos. Essa mulher é da pesada, pensou. E se lembrou que fantasiara a Marília de Garreto tomando chá, ou, no máximo, um licorzinho. E tentou imaginá-la, como Bárbara, deitada de pernas abertas e oferecendo ao poeta Álvaro Garreto as páginas de seu romance inacabado que ele tentaria, compenetrado, folhear respeitosamente com a língua, fazendo vibrar nelas os sons e os ritmos alternados e harmoniosos de sua veia poética.

Dumont estava assim, nu e com a toalha na mão, tentando se lembrar de alguns versos de Gonzaga que pudesse recitar para Bárbara com a entonação mais safada possível, e já tendo selecionado trechos como *tem redonda e lisa testa / purpúreas folhas de rosa /dos rubins mais preciosos os seus beiços são formados*, quando um estrondo seguido de um grito muito agudo o colocaram no meio de um terremoto. Correu de volta ao quarto e deparou-se com Bárbara se debatendo a um canto, os olhos arregalados em direção à cortina esvoaçante da janela por onde passavam o vento e os flashes dos relâmpagos. Ao vê-lo, ela recomeçou a gritar e a dizer palavras desconexas, e gritou mais alto ainda quando ele fez menção de se aproximar. Voltou-se então e foi calmamente fechar a janela. Esperou que a cortina pousasse, pensando que aquilo mais parecia uma saia assanhada broxando, e resolveu testar sua psicologia com a voz mais branda que encontrou:

— Pomba, Bárbara. Não vai me dizer que você tem medo de chuva.

— Vai pra puta que pariu — ela berrou.

— Calma, filha. Foi só um trovão — ele tentou abraçá-la feito um velho pai.

Bárbara empurrou-o com força e se deixou escorregar até o chão, soluçando um choro abafado e tentando cobrir o rosto com os cabelos. Ele desistiu de intervir, acendeu um cigarro e foi olhar a chuva lá fora. Ao ver seu rosto refletido na vidraça da janela, pensou: puta merda. E, pouco depois: ô caralho, quem sabe a cocaína acalma essa maluca? Exultante com sua intuição, foi buscar um dos pacotinhos e o canudo na bolsa de Bárbara, passou o lenço sobre a mesinha de cabeceira e entornou o pó, fazendo um montinho que, pela aparência quase piramidal que formou, sugeriu a ele o adjetivo "gracioso". Contemplou o efeito estético de sua obra, pôs o canudo ao lado e foi buscar Bárbara, que continuava enrolada sobre si mesma, tremendo e com a cabeça enfiada entre as pernas, como se quisesse se esconder no próprio sexo. Ele a chamou pelo nome, chamou-a de "bem", tocou de leve em seu ombro e ela ergueu para ele uns olhos mortiços, amoleceu o corpo e se levantou sem resistência, deixando-se levar submissa, e ele a conduziu até a mesinha onde parou e ficou esperando por um gesto de agradecimento. Ela, então, começou a se enrijecer e cravou as unhas no braço dele, empurrando-o para o lado:

— Não é nada disso, idiota — rosnou, com os olhos fixos no montinho. — Você é mais burro que o Rezende.

Dumont permaneceu quieto, vendo a bunda de Bárbara tremulando enquanto ela entrava no banheiro. Ela tem celulite, pensou. E se deitou de lado, preparando-se para assistir aos acontecimentos. Ela voltou com a bolsa e com o espelhinho do armário, ajoelhou-se ao pé da mesinha e começou a organizar as fileiras de pó com o canudo, dizendo com os dentes cerrados:

— É assim, seu burro. Até o Rezende sabe como é.

Ele ficou em silêncio esperando que ela cheirasse as fileiras uma a uma, intervalando com profundas aspiradas. Quando ele achava que já havia terminado, ela abaixava a cabeça, tapava uma narina e começava de novo. Virou-se para o outro lado e ficou olhando a parede descascada, esperando que acabasse logo com aquilo, e pensando: se essa mulher tiver um troço aqui, estou fodido. Um tempo interminável. Então sentiu que ela estava se deitando ao seu lado, sentiu os seios dela em suas costas e se virou devagarinho. Lá estavam o sorriso radiante, os lábios enternecidos, os olhos acesos de avelã.

Enquanto observava o sono de Bárbara, Dumont ficou pensando no amor. O corpo nu que ressonava ali ao lado, deitado de bruços e com o rosto respirando pausadamente em seu ombro, a mão largada em seu peito mostrando os quatro anéis do soco-inglês agora domados e inúteis, era de uma mulher que mal havia entrado em sua vida e que, possivelmente, já estaria de saída. Por essa mesma marca de vacina no lado da nádega já teriam passado as mãos de muitas pessoas, inclusive as de Rezende, que uma semana atrás ela deixara atolado num monte de vômito ciumento. E que esse tipo de dor recheado de porres, drogas e poemas, e esse tipo de gente como Gonzaga, Garreto, Marília I, Marília II, Rezende, Bárbara, Dirceu Dumont, e até mesmo essa cidade e suas montanhas estavam desde o início condenados apenas à velhice e ao esquecimento, mais dia menos dia. E que esses caminhos voltariam a ser percorridos muitas e muitas vezes, como sua própria mão que está transitando impune sobre as costas de Bárbara, apenas roçando-lhe a pele, o vale da coluna, e, por fim, os montes gêmeos que seu dedo tateia em busca da fenda onde o musgo umedecido cede para que nele se afunde e afinal se acalme. Ela dá um gemido, ajeita-se e se enrosca nele sem acordar. E ele, então, a nina de olhos fechados, e com tanta delicadeza que já sabe que quem está ali, adormecida em seus braços, é Luiza.

Por volta da meia-noite, o rapaz da portaria deixou de lado a velha revistinha pornográfica que gostava de folhear quando não havia ninguém por perto e ficou imaginando o que é que aquele casal estaria fazendo lá em cima. Pensava na gostosura da mulher loura que horas antes havia entrado ali toda ensopada de chuva, os peitos dela totalmente revelados sob a pele transparente e colada da blusa, e tentou filmá-la na cabeça encenando as várias posições que a revista ensinava, e a viu fazendo um 69, e ficando de quatro para que o cara a enrabasse, e fazendo careta de dor com o cacete dele todo entochado no cu, e, e, e. E teve de fazer muito esforço para não subir para ver o que estava acontecendo pelo buraco da fechadura, e acabou por optar por uma punheta lentamente saboreada, arrastada como a madrugada que teria de enfrentar até que o outro porteiro viesse rendê-lo pelas seis horas da manhã. Ainda estava assim, com os olhos fechados e um ar sonhador, segurando ainda o pau exangue e babando porra, quando foi despertado pelos passos de Dumont já quase ao seu lado.

Dumont entendeu logo o que se passava e, solidário, fez que procurava qualquer coisa na mesinha da sala de espera, dando tempo ao rapaz de fechar a braguilha e se recompor, sem saber que do outro lado do balcão estava se esvaindo um sonho muito parecido com o que ele próprio sonhara realizar até o instante em que Bárbara entrou em crise. Tudo o que conseguiu fazer, então, foi tapeá-la e cansá-la com as mãos, esfregando-lhe o corpo com o que podia, peito, coxas, pés, tudo, menos o que mais deveria interessar a ela e que jazia recolhido e morto entre a verdade do presente e a lembrança do passado ali naquele mesmo quarto de hotel, em meio às mesmas montanhas de quinze anos e tantos séculos atrás.

Dumont sentiu que o velho filme estava no ponto para rodar outra vez, que seria impossível evitar sua projeção, mas tentou ganhar tempo com os comerciais. Dirigiu-se então ao rapaz e lhe pediu que somasse sua conta, explicando, sem necessidade, que sua mulher estava passando mal e que precisava voltar imediatamente, não dava para esperar até amanhã. Sem necessidade porque o rapaz o olhava amedrontado, achando que fora pego em flagrante e que esse hóspede o denunciaria, e que perderia o emprego, e que, e que, e que. Dumont notou seu nervosismo e se afastou para deixá-lo à vontade. Acendeu um cigarro, olhou a rua vazia da madrugada e viu que por entre a chuva fininha surgia uma noite enluarada, e na dobra da esquina já se podiam distinguir os dois atores se aproximando abraçados, parando a cada passo em falso, quando ela ria e o amparava, e ele a levava a cada vão de porta e se beijavam, e de porta em porta pararam bem embaixo da varanda de onde Dumont os assiste, e ele ouve sua própria voz dizendo "você sabe que o Drummond fez um poema sobre este hotel?", e ela olha emocionada em direção à varanda, a luz verde dos olhos revelando que sim, que ele podia avançar, que havia um quarto e uma noite inteira ali dentro só para eles.

Jogou a guimba na rua e voltou à recepção, preencheu um cheque e disse ao rapaz, sem encará-lo, que o que sobrasse era gorjeta dele. Não pôde ouvir o agradecimento gaguejado enquanto se afastava escada acima, puxando seu corpo pesado de conhaque e a mão trêmula de Luiza, que no entanto dizia sim, e ele sabia disso e teve mais certeza ainda quando ela se antecipou, tomou-lhe a chave que ele não conseguia enfiar na fechadura e abriu a porta antes de se voltar para abraçá-lo. Por entre os fios de seus cabelos pretos, Dumont reconheceu o corpo de Bárbara deitado na mesma cama de quinze anos perdidos.

Arrumou sua bolsa em silêncio, relutando em acordá-la, imaginando com que espírito ela sairia do que quer que fosse que estivesse sonhando. Achou que seria melhor esperar um pouco, deixar que ela descansasse mais um tempo, apesar da ansiedade em sair logo dali, voltar para casa, apagar de sua vida esse dia maluco, esse monte de contradições que jazia nua e serena à sua frente, completamente desprotegida, os cabelos já secos recompondo o cacheado. Era o que via agora, sentado na cadeira do toucador: serenidade. E a enorme tranquilidade de contemplar algo que lhe lembrava um quadro emoldurado em ouro, perdido em algum salão de festas do passado, e que, apesar da luxúria que lhe sugeriam os olhos castanhos da mulher nele retratada, não podia ameaçá-lo por ser exatamente o que era, um quadro, com sua inércia e a moldura que o confinava, evitando que a mulher despertasse de repente com toda a carga de imponderabilidade e de tensão que fervia sob o vidro do sono.

Mas talvez não fosse nada disso e a serenidade que ele via agora em Bárbara poderia perfeitamente ser real e tudo que ele precisava era aproveitar essa pausa entre as crises e convencê-la a ir embora, aproveitar que a chuva havia parado, que Ouro Preto com esse tempo não estava com nada, que tinha se lembrado de um compromisso amanhã cedo em Belo Horizonte, que, que, que. E foi se convencendo de que quanto mais tempo demorasse a tomar uma decisão mais as coisas ficariam complicadas, e teve certeza disso ao se aproximar para acordá-la e rever de perto aquele corpo morno, os seios adormecidos, o vértice da axila lembrando uma vagina de criança, o dente branco de leite se insinuando entre os lábios entreabertos quando ela dá um suspiro e se remexe ao sentir a mão dele taxiando pela pista de pouso entre montanhas tão perigosas. E, como boa instrutora, segura com autoridade o aprendiz de camicase e ensina a ele a delícia do voo às cegas sobre o inimigo, do reconhecimento angustiante do território onde a morte o espreita, ali um vale, mais além um desfiladeiro estreito demais para a escapada, e só depois a sensação de planar com segurança até o pouso suave ao lado da plantação de trigo, quando ela, por fim, o obriga a frear e desligar os motores. Sob o capacete cacheado, ela abre os olhos castanhos:

— É você?

— Eu não queria te acordar, Bárbara. Desculpe.

— Eu não estava dormindo — disse ela, esticando as mãos para os cabelos dele. — Estava viajando pelo céu, com diamantes.

Dumont entende que é esta a hora, aproveitar a docilidade dela:

— Vamos viajar juntos, Lucy — se debruça e a beija de leve. — O submarino amarelo está lá fora nos esperando para percorrer Abbey Road e a longa e sinuosa estrada que nos levará até em casa.

Ele já se preparava para recitar todos os títulos dos Beatles quando Bárbara entendeu que estava falando com o idiota da colina:

— Você está querendo ir embora?

— É, Bárbara. Eu estive pensando no que é que a gente está fazendo aqui, com essa chuva. A gente podia voltar numa outra vez, eu...

Ela se levantou antes que ele se desembaraçasse da falta de jeito.

— Não vai ter outra vez não, Dirceu — foi falando enquanto se enfiava na roupa. E resmungou, baixinho: — Eu sabia que isso ia acontecer.

Dumont achou melhor não falar nada, ela estava perdendo o equilíbrio na soleira das portas da percepção, mais para o inferno do que para o céu.

Estou pondo até o Huxley no rolo, pensou, já chateado com tanta referência pseudoliterária.

Ela fechou a maleta e a colocou sobre a cama. Só então encarou Dumont. Suas lágrimas corriam, um choro sem soluços:

— O que vocês pensam que eu sou?

— Vocês quem?

— Vocês, o Rezende, o filho da puta do Cobra...

— O Cobra? Onde é que ele entra nisso?

— Esquece, Dirceu — ela se assustou e amoleceu o corpo. E vieram os soluços para socorrê-la.

Dumont puxou-a pela mão e a fez sentar-se ao seu lado. Esperou que ela chorasse o que julgasse conveniente, decidido a não tocar no assunto, não enfurecer ainda mais a fragilidade do monstro. Abraçou-a sem força, quase a embalando, enxugando-lhe o rosto com as costas da mão, esboçando um cafuné medroso, enquanto folheava na memória sua coleção de conversas fiadas na esperança de achar um assunto que consertasse o ambiente.

Mas seu raciocínio se perdia na expressão de ódio com que Bárbara se referira ao dono do jornal de Rezende, no desprezo que ela demonstrara pelo próprio Rezende e no mistério que ela tentava enterrar em seu ombro enfiando o rosto nele. Bom, conformou-se: daqui a pouco isso tudo termina, é melhor deixar pra lá.

— Fique calma, Bárbara. Já já isso passa. Uma outra vez...

— Não vamos mais falar nisso, tá legal?

— Você é quem manda, tudo bem.

Ficou um instante sentado, reparando no esforço que ela fazia para levantar-se, pegar a bolsa e a maleta e caminhar para a porta, como se estivesse arrastando um baú muito pesado. Ela parou e ficou esperando. Ele se aproximou cauteloso, abriu a porta e pôs a mão no ombro dela, que se desvencilhou com um arranquinho quase imperceptível, automático, antes de partir decidida para a escada, os cachos louros se alvoroçando a cada degrau.

Ao vê-la passar sem nem ao menos olhar para ele, o rapaz da portaria primeiro não entendeu nada, mas aos poucos foi sentindo uma confusa sensação de vácuo, e que seu estômago parecia um poço escuro onde milhões de piabinhas nadavam desorientadas, e que a ponta do rabo do escorpião estava se ancorando em sua garganta, e que o ranger da porta lá embaixo devia ser o mesmo som que faz o coração quando se despedaça. E só começou a pressentir o significado disso tudo ao perceber que agora estava sozinho ali no hotel, sob a luz preguiçosa do lampião antigo e ouvindo o barulho cada vez mais alto das páginas da revistinha que ia passando nervosamente, na medida em que o ronco do carro daquela mulher vai se distanciando e emudecendo e morrendo pela noite afora.

Dumont pensou que a arrancada repentina e a cantada dos pneus eram por causa das pedras molhadas da rua, e que Bárbara talvez não tivesse costume de dirigir numa pista nessas condições. Mas começou a ficar apreensivo ao ver o carro derrapar ligeiramente na saída da ponte, no declive irregular do largo do chafariz, e dar uma rabeada ao virar a esquina da Conde de Bobadela, escapando da batida contra o muro pela habilidade com que ela controlou o volante, se endireitou numa rápida troca de marchas e acelerou rua acima. Ela não o olhou zombeteira como fizera na chegada e nem pareceu notar o pulo para o lado dos dois bêbados que vinham em sentido contrário. Pensou em pedir a ela que dirigisse mais devagar, mas optou por se segurar bem e firmar as pernas sob o painel, tentando manter a fisionomia calma, como se tudo aquilo fosse muito natural para ele. Pensou que tal atitude faria com que ela deixasse de tentar impressioná-lo, que não seria uma simples maluquice dela que o apavoraria e que daqui a pouco ela se cansaria dessa bobagem. Ela realmente se controlou ao manobrar na Praça Tiradentes e na subida da Escola de Minas, mas, logo que sentiu a rodovia se abrir à sua frente, voltou a pisar fundo. Dumont disse a ela que até Itabirito a estrada era cheia de curvas perigosas, que tinham todo o tempo do mundo para chegar, que não havia motivo algum para correr tanto, que é que ele havia feito afinal para ela ficar assim, que, que, que. Bárbara não respondeu e acelerou mais ainda. Não tem jeito, ele pensou. E procurou encher seus pensamentos com outras coisas, fingir que nada disso estava acontecendo, imaginar que, correndo tanto, pelo menos a viagem acabaria logo, nenhum pesadelo dura tanto assim. E se lembrou de que poderia sugerir a ela que parassem no bar de um posto de gasolina que existia na entrada de Itabirito, onde certa vez ele tomara uma cerveja geladíssima e comera um sanduíche de pernil da melhor qualidade. Então, pela primeira vez desde que saíram do hotel, ela falou: resmungou que detestava cerveja e pernil e que não entraria em botequim de beira de estrada nem com um revólver nas costas. Dumont entregou sua alma ao Deus do acaso e acendeu um cigarro. Uma brasa entrou em seu olho.

No fundo do bar do posto de gasolina que havia na entrada de Itabirito, o caminhoneiro Sebastião Geraldo enfiou uma ficha na vitrola, esperou que o disco começasse a rodar e voltou para sua mesa.

— "Na mesa do bar tem uma garrafa aberta" — cantarolou, acompanhando o bolero de Núbia Lafayette que fazia estremecer as prateleiras repletas de licor de Jurubeba, vinho "Chifre de Boi" e cachaça "Amansa Corno". Pegou a mão da mulher que estava com ele e avisou que esta era a última, tinha de entregar a mercadoria em Mariana antes do dia nascer, depois de parar em Ouro Preto para deixar uma porção de pacotes numa tal Tipografia do Fundo, encomenda de um conhecido seu de Sabará. Ela não disse nada, apenas ficou reparando que as unhas dele estavam sujas de tinta. Sebastião Geraldo esperava que ela lhe perguntasse que tinta era aquela para poder se gabar de que, nas horas vagas, era desenhista. Na verdade, o que ele fazia era pintar umas placas de anúncio para alguns armazéns e, nas épocas de eleição, bordar com seu pincel as faixas de pano que os candidatos mais pobres atavam entre as árvores na calada da noite, fugindo da fiscalização da prefeitura que, geralmente, era governada por um prefeito do partido adversário. Sebastião Geraldo se orgulhava de colaborar com a oposição.

— Agora eu tenho de ir, Zelinha — disse ele, olhando-a demoradamente nos olhos. A mulher olhou-o com um olhar que ela considerava o mais apropriadamente romântico para os momentos de despedida e perguntou se ele passaria ali na volta. Ele disse que sim, é claro, passaria.

— Quando você ouvir essa música, pense em mim — disse ele. E deu-lhe um longo beijo de língua.

Na saída do bar, Sebastião Geraldo investigou o céu e ficou satisfeito ao ver que as estrelas estavam de volta ao firmamento, que aquela chuva escrota tinha passado, até que enfim. Então caminhou até o poderoso Scania que o esperava em repouso total, contornou-o e escolheu uma de suas duplas de pneus para dar a infalível mijada de bons fluidos que o recomendaria aos cuidados do Deus das estradas. E notou que nos pacotes com destino à tipografia de Ouro Preto estava escrito *Antologia mamaluca*, volume II. E concluiu que o cara de Sabará era maluco mesmo. Sacudiu satisfeito o cacete, subiu na boleia e deu uma olhada para o interior do bar. A mulher permanecia sentada onde ele a deixara. Sorriu e voltou a cantarolar "na mesa do bar tem uma garrafa aberta", que seguiu assobiando até que o motor pegou e o caminhão despertou bufando, endireitando a carcaça e balançando a carga pelos buracos do calçamento do posto até se firmar na rodovia e deslizar, soberbo, sob o magnífico céu de estrelas.

Dumont achou que sua voz saía normal mas determinada ao pedir a Bárbara que parasse no posto. Disse, desta vez, que não ia tomar cerveja nenhuma, mas que precisava ir ao toalete. Ela disse tudo bem, faça o que você quiser, mas acelerou mais ainda. Ele ouviu o barulho da brita arrastada quando ela quase saiu para o acostamento na curva que se seguiu, a maneira com que ela consertou a direção do carro no meio da pista e imaginou que seria obrigada a diminuir a marcha assim que visse os faróis daquele caminhão que surgia na próxima curva. Ela continuou na mesma velocidade. Daqui a pouco ela diminui, ele pensou. Mas ela manteve o carro no meio da pista, mesmo depois que o caminhão começou a piscar os faróis, cada vez mais depressa, e passou pela cabeça dele a imagem das luzes estroboscópicas das boates de quinze anos atrás: luzes roxas, negras, quase fúnebres.

— Vocês são todos uns filhos da puta — disse ela. E seus olhos faiscaram uma tonalidade castanha que ele jamais havia visto.

Na cabine do Scania, Sebastião Geraldo agarrou-se ao volante e enfiou a mão na buzina. A noite ficou cheia de estrelas.

II
O altar

"E Deus tentou a Abraão: toma a Isaac, teu filho único a quem tanto amas, e o ofereça a mim em holocausto sobre os montes. (...) Abraão, levantando os olhos, viu atrás de si um carneiro que estava embaraçado nas ramas..."

(*Gênesis*, 22, quando o Todo-Poderoso criou o bode expiatório que, pelo texto da Bíblia da *Enciclopédia Barsa*, de bode só tinha o destino.)

O para-brisa se abrindo para a noite estrelada em pleno mergulho para a poça estagnada de chuva e de lixo, os vidrinhos soltos no ar seguindo o perfume dos cabelos de Bárbara que cobrem seu rosto riscando-lhe a visão antes de se esparramarem sobre seu colo, e de novo a orquestra de percussionistas alucinados acompanhando a roda-gigante que volta a mostrar estrelas sendo rasgadas por facas que se fincam em troncos, galhos, barro, pedras, e agora é o maestro quem manda entrar o violino estridente, os bongôs e o baterista que faz sua exibição solo durante um tempo repetitivo e epiléptico em que seus cabelos de bruxo se debatem como polvos entrelaçados, até que se cansa e cede lugar para os oboés e as trombetas que prenunciam o silêncio arfando no pisca-pisca alarmado, um silêncio repousante depois de um espetáculo tão ruim, ou uma dormência, um calor gelado de febre, areia fina que não para de deslizar, uma voz dizendo essas marcas vão ficar para sempre, as luzes refratadas no vidro de soro crescendo em sua direção, esse cara teve sorte, a mulher serviu de amortecedor, frases de embalar, lençóis de berço e mãos com algodão acariciando seu rosto, um sono rodando, o ferrão do monstro puxando a ponta da espiral, o coração batendo dentro dessa água cada vez mais funda e escura.

Durante quase uma semana, esse clipe foi projetado entre as dobras doloridas do cérebro de Dirceu Dumont. A princípio, ele apenas ficava atento, esperando para entender o que acontecia. Mas à medida que as imagens aceleravam seu movimento giratório e ele pressentia que logo se tornariam um disco negro cujo centro se abriria num túnel repleto de sereias zumbindo o canto agudo que o tragaria, tentava segurar a hélice descontrolada crispando os dedos no lençol já empapado de suor, seus olhos de espectador e participante se agitando sob as pálpebras cerradas. Então, dependurado à beira do penhasco e percebendo que o galho a que se agarrara estava prestes a se quebrar, sentia uma mão forte em seu ombro e uma agulha penetrando em seu braço, e o frio riozinho cheio de salmões saltitantes começava a percorrer-lhe o corpo, a roda perdendo velocidade como um pião agonizante, as imagens se esparramando pelo chão como brinquedos abandonados, o zumbido das sereias sendo substituído aos poucos pelas vozes de dezenas de crianças que cantavam, num pátio enorme de colégio protegido pela sombra de frondosas árvores centenárias, um hino que ele já havia esquecido:

> *E se os seres na sede insofrida*
> *Querem vida do orvalho e da luz*
> *Nossas almas só pedem na vida*
> *Uma hóstia, um amor a Jesus.*

Acalentado em seu bercinho, o menino Dirceu adormecia com um sorriso ligeiro entre as bochechas rosadas.

Quando certa manhã, qual Gregor Samsa, acordou de seus sonhos agitados, Dumont achou que estava sofrendo a maior ressaca de sua vida. O corpo dolorido resistia às ordens para que se mexesse e estava tudo muito escuro. Por mais que se esforçasse, via apenas uma penumbra amarelada. Mas havia alguém ali perto, fazendo barulho de quem lava as mãos. Tentou falar, mas conseguiu apenas emitir um grunhido cavernoso. O barulho de água cessou e ele sentiu uma mão úmida de mulher tocando na sua.

— Fique calmo, está tudo bem — ela disse.
Uma voz profissional, ele pensou. E teve medo.
— Quem é você?
— Meu nome é Elisa, sou sua enfermeira. Como é que você está se sentindo agora?
Dumont tentou se aprumar, mas ela o impediu com delicadeza:
— Você não deve fazer esforço.

Ele sentia os músculos da face direita retesados, com se estivessem engomados. Passou a mão nela e tateou a atadura.

— O que está acontecendo comigo?

— Você sofreu um acidente, mas pode ficar tranquilo; o pior já passou.

O pior, ele pensou.

— Meus olhos, será que eu...

— Seus olhos estão bem, mas você machucou muito o rosto.

— Pode ser franca comigo, Elisa. Como é que eu estou? Conta.

— Olha, você teve uma série de fraturas, mas as cirurgias foram bem-sucedidas. Só que vai ter que passar uns tempos de molho. Agora fique quietinho que está na hora do banho.

Ouviu novamente o barulho da água.

— Há quanto tempo eu estou aqui?

— Uns três, quatro dias.

— E a moça que estava comigo?

— Não pense nela agora.

Dumont sentiu um pano úmido envolvendo seu pé direito, um pano oleoso, refrescante, e imaginou que estaria nu sob o lençol.

— Não tem enfermeiro para fazer isso?

Ouviu o risinho dela:

— Uma enfermeira é como uma mãezinha, não precisa se preocupar.

E seguiu suavemente em direção ao tornozelo, alisou a perna como quem escova uma peça de veludo, demorou-se em círculos por toda a extensão da coxa:

— Você tem músculos de atleta — disse baixinho.

Dumont calculou que ela estava se aproveitando de sua imobilidade e examinando seu corpo à vontade, e tentou visualizar como seria o rosto dela e que tipo de expressão estaria refletindo agora que a profissional estava sozinha no quarto com um homem indefeso, com o qual poderia fazer o que quisesse em nome da própria profissão, e com que requinte ela ia levantando tão lentamente o lençol, hasteando a bandeira ao som de um hino arrastado e admirando-a, orgulhosa, galgar palmo a palmo sua trajetória até o alto do mastro. Mãezinha, ele pensou. E se lembrou de que estava nu. E se inteirou de que ela já estava pelo meio de sua coxa. E reparou que ela havia parado de falar e que sua respiração soava expectante. E que a bandeira vinha se aproximando do topo do mastro que se erguia portentoso e fora de controle. E. E. E. E então ela o cobriu e se afastou.

— Você não vai lavar a outra perna? — ele arriscou, um tanto frustrado.

— Sua perna esquerda está toda engessada.

Ele sentiu uma certa raiva na voz dela, talvez tivesse ficado ofendida com sua ereção.

— Toda engessada?

— Você quebrou a tíbia e o fêmur entrou pela bacia adentro.

Dumont tentou tatear a perna, mas a dor segurou seu ombro.

— E quebrou a clavícula também. É melhor não se mexer tanto.

O lado esquerdo, pensou Dumont. Onde estava Bárbara.

— E ela...

— Se não fosse ela você estaria morto.

Dumont tentava enxergar dentro da atadura, mas só via as luzes do caminhão vindo para cima dele e depois refratadas no vidro de soro, e uma voz em off dizendo que a mulher serviu de amortecedor. A enfermeira notou sua agitação e se sentiu ligeiramente arrependida de sua pequena vingança. Não que tivesse pena daquele homem, que eles são todos iguais, mas por ter perdido o controle. Deu a ele um calmante e ficou esperando o efeito. Chegou a pensar que ele estivesse chorando ao ver os curtos espasmos que faziam ranger as molas da cama, e tentou ajudar o remédio:

— Você é jornalista, não é? Veio um senhor aqui te visitar e disse que era seu colega no jornal, um senhor de barba...

O Rezende — Dumont podia ver a cara de puto dele. E voltou a se sobressaltar, ali preso à cama, com os olhos tapados e emparedado no gesso, e o Rezende ali fingindo que era um amigo, esperando que a enfermeira saísse, os olhos frios debaixo dos longos chifres e um revólver de cano curto no bolso do paletó.

— Por favor, Elisa — a voz saiu pastosa por causa do calmante. — Enquanto eu estiver assim, não deixe ninguém me visitar.

— Está bem. Mas vê se consegue se mexer o mínimo possível. Tente dormir um pouquinho. Daqui a pouco o dr. Guido vem te ver, tá certo?

Ele ainda tentou evitar o sono, com medo das novas cenas que por certo seriam inseridas em seu filme particular, com a participação de um cadáver e de um assassino que talvez já estivesse ali dentro do quarto, as pontas dos sapatos surgindo sob a cortina da janela, esperando a enfermeira sair para então sufocá-lo com um travesseiro ou aplicar-lhe uma injeção de ar, ou de cianureto, ou de cicuta, ou de, ou de, ou de. E assim, contando carneirinhos de cemitério, Dumont conseguiu, afinal, afogar-se num sono tranquilo e sem sonhos, quase eterno.

O tempo no hospital era lento, morno e pálido como um pijama velho de flanela, o ar impregnado suavemente com cheiro de xarope, sopa de abobrinha e o odor de linho passado e brilhante que denunciava a aproximação do médico ou da enfermeira e suas mãos assépticas e esfregadas até os ossos com sabonete desinfetante.

Mas proporcionava a Dumont uma sensação que havia muito ele não experimentava: segurança. Ele não podia se mover além daqueles limites e isso era uma ótima desculpa para não trabalhar no romance que ficara emperrado em algum ponto da estrada, ou na mesa do Xuxu, ou na garrafa de conhaque, ou nas intervenções vingativas do fantasma de Luiza, ou nas luzes melancólicas dos crepúsculos montanhosos, ou na desconfiança sempre rejeitada de sua própria falta de talento, ou em diversos outros ous que compartilhavam seu silêncio ali dentro do quarto, só interrompido por gritos fortuitos de algum novo colega passando pelo corredor a caminho da Unidade de Terapia Intensiva ou de seus parentes saindo de lá entre lamúrias e soluços convulsivos. Ele se sentia temporariamente a salvo da vida lá de fora, não tinha pressa alguma em se livrar do gesso ou dos préstimos maternais de Elisa que talvez já estivesse até simpatizando com ele, a julgar pelas músicas que ela às vezes cantarolava enquanto o limpava, ou pela intimidade distraída com que ela o descobria completamente, umedecia seu corpo com água ensaboada e depois passava o macio da toalha em cada centímetro de sua acidentada anatomia. Ele pressentia o ar irônico dela reparando na força que fazia para evitar outra ereção, principalmente quando se demorava mais que o usual em certas partes mais sensíveis, sempre protegida pela toalha de segurança de seu profissionalismo. Quando ela terminava esse ritual e lhe perguntava se estava precisando de alguma coisa, Dumont sentia o tamanho da orfandade da noite que devia estar chegando. E exagerava suas dores pedindo um sedativo, uma paulada na cabeça ou uma canção de ninar, qualquer coisa que o ajudasse a navegar no escuro sem pressa nem lembranças. Durante muitas noites ele singrou esse mar desconhecido.

— Muito bem, meu jovem, já está na hora de tirar essa armadura.

A voz do dr. Guido parecia otimista, bem diferente daquele tom tateante e quase inquisitorial do início, quando indagou pelos parentes e amigos que devessem ser avisados do acidente. Dumont respondera que não tinha pais, que há muito não via os poucos parentes que lhe restavam, que não era necessário incomodar nenhum conhecido, que vivia sozinho há muitos anos e que preferia continuar assim. O dr. Guido não insistiu e foi cuidar dos outros pacientes. Mas, desta vez, ele parecia amável. Retirou cuidadosamente as ataduras e as substituiu por umas cores insuspeitadas para Dumont, que imaginara o quarto desbotado como uma carapaça de gesso. Alguém havia colocado flores em sua cabeceira.

O médico notou seu espanto:
— Isso é obra da Elisa.

Ela estava do outro lado da cama, com uma travessa cheia de instrumentos, gaze e esparadrapo, de prontidão.

— Parece que está indo bem — comentou o médico, puxando as pálpebras de Dumont e examinando detidamente seus olhos.

Elisa não é bonita, constatou ele. Deve ter uns cinquenta anos. E quase se arrependeu por não ter podido reter a imagem que fizera dela durante as noites solitárias.

— Você quer ver sua cara nova? — interrompeu o médico, vendo a expressão frustrada de Dumont.

Elisa se aproximou com um espelho ovalado, cuja moldura lembrou a Dumont os retratos retocados que enfeitavam as salas de visitas de seus antepassados, o tipo de retrato que Garreto talvez sonhasse um dia compartilhar com Marília em suas noites de sonetos abandonados. Mas o que ele viu dentro daquela moldura foram dois olhos macerados por longas ressacas, parte da cabeleira tosquiada como se tivesse passado num vestibular e acabado de sofrer um trote, um nariz inchado como se tivesse tentado reagir ao trote e levado uma porrada e duas cicatrizes costuradas como gomos de bola de futebol, formando um ângulo reto entre si. Formando um L. Ela me marcou — o terror fez a letra estremecer. Luiza me marcou como se marca um boi.

— Não fique impressionado — disse o médico, vendo a cara alarmada de Dumont. — Em pouco tempo o seu rosto voltará ao normal. Amanhã vamos tirar esses pontos.

— Doutor, e essa cicatriz? Vai ficar?

— Paciência, meu caro. Alguma coisa sempre fica. Mas com o tempo pode ficar menos visível.

— Pode até dar um certo charme — Elisa tentou ajudar.

— É, talvez você até se esqueça que ela existe.

Dumont olhou desconsolado para o médico. Não era a primeira vez que ele ouvia essa frase. Além da porta fechada do quarto, ele viu um vulto de olhos verdes e cabelos negros se afastando com passos pesados, indo embora, para ficar para sempre.

Os primeiros sinais do inverno já haviam começado a latejar nas clivagens dos ossos de Dumont quando o gesso foi retirado e passou-se à fase seguinte do tratamento, que consistia em exercícios especiais e fisioterapia. Ele assistiu com certa euforia à cerimônia com que o gesso foi serrado, apesar do pavor que o inundou ao notar que aqueles dentinhos elétricos podiam muito bem ser o pêndulo de Poe. Preferiu, no entanto, e o mais rápido possível, pensar nessa operação como um parto, e não pôde disfarçar sua decepção ao ver o filho esquálido que nascia: sua perna tinha atrofiado muito e, mesmo estando tão esticada quanto a outra, parecia mais curta.

— Você vai ter que aprender a andar novamente — informou o dr. Guido enquanto espanava o pó de gesso. — O afundamento do fêmur foi reduzido ao máximo, melhor não poderia ficar. Você vai ficar manco, mas pelo menos está vivo, concorda?

Dumont pesou a condenação e o consolo, e preferiu ficar calado. Estava livre do pêndulo, mas ainda precisava se safar do poço. Do fundo do poço. E ali em cima, na beirada do poço, via o rosto de Elisa que o olhava como uma princesa olha um sapo, hesitando entre o nojo e o beijo. Percebendo que talvez estivesse nela sua salvação, encarou-a de maneira suave, procurando transmitir no olhar a ternura interesseira do príncipe encantado, a magia da majestade em apuros. Mãezinha, lembrou-se. Essa coroa é tudo o que eu tenho no mundo.

— Você tem sido muito legal comigo, Elisa. — E tentou pegar a mão dela: — Obrigado.

O coração profissional de Elisa detectou a mensagem de Dumont como um vírus de computador. Seus compêndios de enfermagem, tocados pela varinha mágica, viajaram no tempo por três ou quatro décadas até se transformarem nos fininhos livros coloridos de sua biblioteca de menina, e ela reviu a Gata Borralheira em que se tornara e sonhou em ser Cinderela. E passeou por aleias floridas, veredas tropicais e jardins suspensos, atraída por um coaxar melancólico que implorava por ela desde um recanto da fonte de águas cristalinas onde reverberava o luar. Seu coração encantado criou asas e ela sobrevoou o perfume das flores que circundavam o palácio até pousar seus pequeninos pés diante daquele ser repelente que a olhava enternecido e súplice, e seu coração de mulher sentiu pela primeira vez uma sensação de há muito imaginada e que ela jamais supusera ser despertada pela cara de um batráquio, quanto mais assim, toda rabiscada de cicatrizes: tesão. Então, literalmente, um rubor lhe subiu às faces, como diziam suas revistas de adolescente, o que não passou despercebido pelo médico que, imediatamente, ficou chocado com a corrente elétrica que ligava seu paciente e a enfermeira. Lembrou-se então do juramento de Hipócrates, da correção moral com que sempre dignificara sua profissão, da rigidez ética sobre a qual se erigira a fama de seu hospital, e, com uma pontinha de ciúme, de outra enfermeira que ele achava igualzinha a uma artista de cinema nos primeiros meses de sua residência médica, e que, de tanto se dedicar a um determinado paciente, acabou casando-se com ele, o paciente. Dali em diante, resolveu, esses dois seriam vigiados de perto. Dumont notou que o tom amável de sua voz fora substituído por um ranger metálico quando o dr. Guido fez algumas recomendações a ele e a Elisa e se retirou. Mas não deu maior importância ao fato, pois de médico e de louco etc., e voltou a procurar os olhos da enfermeira. Ela estava imóvel, olhando com muita concentração o termômetro e pensando em outras temperaturas.

— Eu fui sincero quando disse que você é legal, Elisa — Dumont tentou reiniciar o papo.

Ela não respondeu, mas foi buscar a bacia e a toalha. Ele notou que estava tensa quando se aproximou e hesitou um pouco antes de começar a lavar-lhe os pés, e ficou na expectativa. Mas, aos poucos, ela foi se relaxando, e logo a profissional estava removendo a camada branca que restava na perna de Dumont, ainda que por vezes se traísse, alisando com a mão nua as partes já limpas, num gesto quase carinhoso.

— Quero que você limpe aqui mais em cima, Elisa. É onde incomoda mais — disse ele, segurando-lhe delicadamente o punho.

Ela olhou e viu que os pelos da virilha estavam duros de gesso. Olhou dentro dos olhos dele que a encaravam sérios, solenes e firmes, mas deu-se um tempo, continuando a limpá-lo por etapas, mesmo sabendo que chegaria lá, que tinha que chegar lá e, oh meu Deus, que queria chegar lá. E chegou bem de mansinho, com a mão atemorizada e devota de quem lava um santo de gesso, e fazendo que não via que o santo já tinha começado sua gloriosa ascensão aos céus. Até que, iluminada pela graça, ela se curvou e tocou reverentemente os lábios em sua cabeça aureolada, num jeito a princípio de Maria, que, aos poucos, foi trocando pelo estilo de Madalena da fase anterior à primeira pedra.

— Você é um anjo, Elisa — disse Dumont, tentando forçar a cabeça dela para que engolisse tudo.

Ela se assustou, jogou a toalha sobre ele e saiu chorando pelo corredor.

Espiando através da treliça do confessionário, o anjo vingador esfregou as mãos.

O dr. Guido atravessou o corredor, tirou os óculos e ficou examinando suas lentes contra a claridade da janela, um exame minucioso que só interrompeu para interceptar a corrida da enfermeira com um certeiro bote à sua frente e um "senhorita Elisa" sibilado, como que ordenando silêncio. Ela estancou, olhou-o desorientada e demorou um instante para entender que o médico lhe abria os braços e oferecia o peito protetor para que ela ali depositasse suas dores, angústias ou o que fosse que a tivesse feito perder o controle e se precipitar assim por um local onde, a qualquer momento, poderia aparecer uma padiola desavisada e na contramão. Ele esperou que ela parasse de tremer e convidou-a a ir até a sua sala para conversar um pouco, saber qual era o problema, tomar um copo de água com açúcar. Ela mordeu o lábio para não soluçar.

 Ao entrar na sala que durante tantos anos frequentara como se fosse um mero almoxarifado ou uma enfermaria, ela sentiu, pela primeira vez, o peso dos diversos diplomas que decoravam suas paredes. E como era frio o braço da cadeira que o dr. Guido puxou para o lado dele e a fez sentar-se. E como era mole e untuosa a mão que ele pousava com autoridade em seu joelho enquanto, com a outra, ligava o pequeno aparelho de televisão que acabara de tirar da gaveta maior de sua mesa. Por sua cabeça passou a ideia maluca de que ele estivesse tentando acalmá-la com um desenho animado ou uma novela qualquer, mas se petrificou com a imagem que surgiu à sua frente: um homem deitado numa cama de hospital, com uma perna suja de gesso da canela para cima, a mão direita lambuzada sobre o pênis e um olhar esvaziado perdido no teto, como se acabasse de ter um orgasmo.

— Parece que ele terminou o serviço sozinho, Elisa — disse o dr. Guido sem olhar para ela, mas começando a subir a mão por sua coxa. — Isso não constava da minha prescrição.

Dentro da ratoeira, intuiu Elisa, ao ouvir o ronronar do gato branco e gordo que desligava o aparelho e fazia o paciente Dirceu Dumont desaparecer num ponto luminoso. E se amaldiçoou por ter sido tão pouco curiosa, rotineira e discreta a ponto de nunca ter perguntado para que servia aquele aparelhinho que havia sido instalado em todos os quartos durante a reforma do prédio. Estou na mão desse filho da puta, pensou, e sentiu a própria se aproximando de sua vulva trancada, forçando passagem.

— Nem tudo está perdido — disse calmamente o médico. — Talvez a gente possa dar um jeito.

Ela afastou a cadeira e se levantou em silêncio.

— Tudo depende de você, Elisa.

Ela continuou calada e virou-se contra a parede para que ele não visse seu rosto.

Lá estavam os diplomas: um curso na Alemanha, outro nos Estados Unidos, outro na Academia de Polícia, e diversas condecorações das quais nunca ouvira falar, como a Medalha do Pacificador.

— Você já me entendeu, Elisa. Não complique mais as coisas.

Ela se voltou lentamente, com um sorriso que ele pensou ser de aceitação:

— O senhor pode fazer o que achar melhor, seu merda.

O dr. Guido recolocou os óculos.

— Não seja burra, Elisa. Você não sabe fazer mais nada além de curativos. Vai se foder toda, pense bem.

Ela soltou os ombros e abaixou a cabeça:

— Faça o que o senhor quiser.

— Vou ter que levar seu caso à diretoria. É minha obrigação, você sabe.

— Faça a sua obrigação, seu filho da puta.

A última visão que o dr. Guido teve da enfermeira Elisa foram as suas costas, um instante antes que ela batesse a porta e deixasse apenas o ruído de seu solado de borracha contra o piso encerado do corredor, que ia diminuindo de intensidade na medida em que ela se afastava. Ficou algum tempo olhando para a cobrinha verde enrolada dentro do emblema da Medicina que enfeitava sua mesa e pensando confusamente no quanto essas mulheres são complicadas, como é que conseguem se ferrar por uma coisinha à toa, principalmente uma mulher como a Elisa, que não era nova nem bonita, só tinha uma bunda boa, até que um toquezinho na porta, seguida do rangido característico, chamou sua atenção para a cara barbuda e de óculos meio enfiada para dentro da sala e perguntando, com um sorriso:

— Dr. Guido?

— Sim.

O homem entrou e se apresentou:

— Meu nome é Rezende.

— Muito bem.

— O senhor tem um paciente chamado Dirceu Dumont, não tem? — e foi sentando-se sem pedir licença.

O médico se sentiu incomodado, sem saber se pelo fato daquele estranho ter entrado ali como se estivesse em casa ou pela coincidência de que logo agora aparecesse alguém interessado em Dumont, logo nele. Mas seus olhos brilharam ao ver o visitante retirar da pasta a coisa que mais o deslumbrava desde que, cheio de idealismo, abraçou o sacerdócio da Medicina.

— O que é isso aí, meu jovem?

— Um talão de cheques, doutor.

Mesmo tendo consciência da gravidade de suas fraturas, Dirceu Dumont já estava achando que seis meses de tratamento era tempo demais. Durante toda a primavera, ele cumpriu a esquemática rotina de exercícios, imersões em banheiras térmicas, massagens e até brincadeiras com seus colegas igualmente avariados, nas quais se misturavam pernetas, paralíticos totais ou parciais, um ou outro retardado mental que se recusava a andar apenas com as duas pernas e, para dar alguma relevância a tais eventos, um jogador de futebol que tentara ser famoso uns tempos atrás, orgulhoso de sua raça e coragem nas bolas divididas com zagueiros mais fortes, e que talvez afinal se consagrasse, ali no hospital, como um perna de pau definitivo.

Durante o dia, Dumont às vezes chegava a se divertir com essas atividades. Mas à noite, quando o silêncio escuro se fechava dentro do quarto e todos os gemidos dormiam sedados, ele, como Chopin, sonhava.

E organizava na cabeça os possíveis enredos que poderia armar para a história de Garreto, e os via tão nitidamente que, muitas vezes, ao perceber que estavam ruins ou equivocados, se imaginava rasgando-os e jogando-os no cesto, numa atitude purificadora que o deixaria novamente em condições de voltar a colocar um papel em branco na máquina e recomeçar a batalha. Mas então o sono chegava, e na manhã seguinte a realidade era apenas um cesto cheio de papéis amassados.

Na verdade, Dumont não acreditava nem um pouco nesses exercícios de imaginação. Ele sabia que somente quando estivesse em casa, em frente à papelada de Garreto, as fitas gravadas e as anotações, somente então o trabalho teria possibilidade de se desenvolver, ganhar corpo, encontrar seu rumo. Ele sabia que tudo isso, no fundo, era apenas consequência do esforço que fazia para evitar pensar em coisas que certamente não seriam nada agradáveis, como o que teria acontecido com Bárbara, por qual motivo nenhum colega do jornal se dignara em visitá-lo, que fim teria tomado Elisa que nunca mais entrou em seu quarto, e outras perguntas que ele não queria perguntar enquanto não tivesse condições de sair correndo ou de poder mergulhar num conhaque salvador.

Sobre Bárbara ele não conseguia se enganar, principalmente quando se lembrava da voz de alguém dizendo que a mulher serviu de amortecedor, ou do desabafo desastrado de Elisa revelando que se não fosse ela ele estaria morto. Não havia como se enganar, mas não queria pensar nisso agora. Da mesma forma com que procurava não pensar de que jeito ele iria pagar a conta do hospital com seu salário de jornalista, ainda mais licenciado. Quem sabe o sindicato me quebra esse galho?, se socorria. Mas sabia que seria muito difícil, pelas circunstâncias em que os fatos aconteceram e pelo distanciamento que sempre marcara suas relações com a diretoria do sindicato, pois, para manter uma postura que ele mesmo rotulava de crítica e independente, além de seu caráter avesso a panelinhas, ele sempre pertencera à oposição.

Mas o que mais o intrigava era o comportamento do dr. Guido. Ainda podia se lembrar da manhã em que o médico, e não a enfermeira, veio acordá-lo com seu sorriso mais amável, fez perguntas quase íntimas sobre o que estava sentindo e entregou a ele um par de muletas acolchoadas, dizendo que era um presente do hospital e que sua recompensa seria ver o paciente recuperado o mais depressa possível, vivendo uma vida normal, saudável e sem lembranças ruins dos tempos em que vivera entrevado ali entre dores e remédios, e que se recordasse daquela casa como se fosse o lar onde havia renascido. E riu com simpatia dos olhos esbugalhados de Dumont, perdido entre a atônita realidade do que estava acontecendo com ele e as escabrosas narrativas que seus colegas jornalistas sempre fizeram sobre o atendimento que habitualmente era dispensado às vítimas dos hospitais brasileiros.

O susto maior no entanto ocorreria no momento em que recebeu alta e, com o estoicismo de quem vai sofrer mais um acidente, permaneceu por intermináveis três minutos na antessala do dr. Guido criando coragem para se despedir e acertar as contas. Foi recebido de braços abertos e um quase cantado "vamos entrar, meu jovem", e perguntado se estava se sentindo realmente bem-disposto para voltar ao mundo, e se queria um cafezinho, e que se precisasse de mais qualquer coisa era só ordenar, e que a convivência com ele ali, apesar das circunstâncias um tanto incômodas, havia sido um prazer, e, depois de seu "então", uma pausa e a comunicação de que não devia nada.

— Foi tudo pago, meu jovem. É bom a gente ter bons amigos nessas horas, de verdade.

E o dr. Guido colocou em sua frente uma bengala de jacarandá maciço, em cujo cabo, de prata trabalhada, destacava-se o emblema da Medicina, com a cobrinha enrolada lá dentro.

— Isto é para quando você puder abandonar as muletas, meu jovem. Pode acreditar, uma bengala dá um ar de cavalheiro a um homem.

E Dumont viu a imagem de Garreto — ou de Chaplin — com sua bengala, seu chapeuzinho e seu terno desalinhado, caminhando para trás, para o passado, pela nebulosa estrada do destino.

Enquanto percorria as ruas de Belo Horizonte no banco de trás do carro particular do dr. Guido, que, numa última deferência, o oferecera para levá-lo até em casa, Dumont esquadrinhou atentamente cada detalhe do percurso, na esperança de que as feridas da cidade também tivessem cicatrizado durante o período em que estivera ausente. Não tinham. O que ele viu foi que a doença estava se agravando e que o irisado horizonte de Garreto estava borrado por uma densa nuvem de carbono, enxofre e gases de todos os tipos, inclusive os humanos, e que as avenidas estavam completamente engarrafadas como se imensas rolhas tivessem sido enfiadas nas bocas dos modernos viadutos, trincheiras e esquinas, e que as pessoas estavam cada vez mais feias e furibundas e nervosinhas, e que, e que, e que. Quando, por fim, o carro estacionou na frente do seu prédio e o chofer fez menção de levá-lo até o apartamento, Dumont achou que isso já era demais.

— Pode deixar que tem elevador.
— O senhor é quem manda, chefe.

E, tirando um envelope do paletó:

— O dr. Guido pediu para entregar isso ao senhor.
— Obrigado, meu jovem.

O chofer reconheceu a entonação, fechou a cara e entrou no carro batendo a porta. Mas hesitou um segundo, como se tivesse se lembrado de alguma coisa. Então, sem uma palavra, foi até o porta-malas, pegou a sacola com os pertences e a bengala de Dumont e a depositou na calçada, junto ao meio-fio. Voltou calmamente para o carro, fechou a porta com delicadeza e deu a partida depois de uma acelerada forte em ponto morto, deixando no ar uma baforada de óleo queimado. Despontando da abertura da sacola, a cobrinha prateada pareceu a Dumont mais prateada e enrolada do que antes.

O elevador estava enguiçado e ele teve que pedir ajuda ao porteiro, que estava encostado num carro estacionado sobre a calçada cantando a empregada do terceiro andar. O homem veio arrastando a má vontade, mas, ao reconhecer Dumont, apressou-se em dar as boas-vindas e pegar sua bagagem. Subiram os cinco lances de escada em silêncio, o porteiro vindo atrás preocupado com a falta de jeito de Dumont para vencer de muletas degrau por degrau, às vezes parando para recuperar o fôlego. Ao ver o número 501 brilhando sobre a porta, sorriu pela primeira vez em seis meses, tirou uma nota grande do bolso e os olhos do porteiro agradeceram a chance de poder enfim pagar uma cervejinha para a Marivalda, que devia estar esperando por ele lá embaixo se a viada da patroa dela não tiver mandado um de seus pivetes chamá-la para deixar de ser vagabunda e ir trabalhar. Com cerimônia, Dumont abriu a porta e entrou no velho lar que, por pouco, talvez nunca mais o recebesse em seu maternal regaço que durante tantas noites velou por seu sono encharcado de gandaia. Sobre a mesa, ele reconheceu a fidelidade das pilhas do material de Garreto, esse tempo todo esperando por ele na mesma posição em que se despediram, e ele julgou, ao ver entre lágrimas de emoção sua velha amiga, que a garrafa quase vazia de conhaque abanava o rabo de alegria ao vê-lo finalmente de volta. Abraçou-a comovido, arrancou-lhe afoitamente a rolha e deu-lhe um beijo apaixonado, engolindo o que restava de sua alma.

Um lar, ainda que coberto de poeira e com cheiro de sótão abandonado, é sempre um lar, foi pensando Dumont, enquanto percorria os aposentos para ver se estava tudo em ordem. Parecia que sim, apesar das pequenas bolas de sujeira que rolavam à maneira dos *tumbleweeds* do Velho Oeste por entre suas pernas e muletas a cada lufada de ar puro entrando pelas janelas que, depois de tanto tempo, foram afinal abertas. A sala, o quarto e o banheiro permaneciam cristalizados como ele havia deixado, mas dentro da geladeira ele encontrou um sinistro pedaço de goiabada mofado, um copo de leite talhado e uma latinha de patê com a tampa devidamente estufada, denunciando o botulismo que o espreitava como uma bomba. E, para acabar de compor o quadro de terror ambiente, uma outra lufada lhe trouxe o inconfundível fedor de cadáver vindo da área, onde jaziam quase todas as suas camisas boiando na água com sabão, há tantos séculos esperando que ele voltasse da viagem para enxaguá-las e salvá-las da morte. Pôde apenas recitar-lhes um breve réquiem: "Puta merda".

Mas a limpeza do apartamento, agora, podia esperar mais um pouco. Ele se sentia exausto pelo esforço de andar de muletas. Voltou para a sala e se refestelou no sofá, protelando as medidas que teria de tomar em seguida para reiniciar a vida. Procurou um cigarro no bolso e encontrou o envelope que o chofer do dr. Guido lhe entregara. Era apenas um bilhete com um número de telefone e um recado do Rezende, dizendo que precisava falar com ele com urgência. Tudo bem, pensou, um dia vou ter mesmo de me encontrar com ele, é melhor acabar logo com isso. Mas sua decisão parou no silêncio do telefone. A Companhia Telefônica, sempre tão eficiente, não lhe perdoara a falta de pagamento das contas.

Foi cheio de constrangimento que Dumont tocou a campainha do apartamento ao lado. Desde que se mudara para o prédio, ele procurou manter sempre os vizinhos à distância e defender sua privacidade para não ter que dar satisfação quando quisesse ouvir música a todo volume, levar mulheres para festinhas íntimas, tropeçar na escadaria quando chegasse mais bêbado que o normal, suicidar-se e tudo mais a que um homem solitário tivesse direito. Só que, então, ele era um cara que podia se mover com as próprias pernas e não esse saci prejudicado pelo enguiço do elevador. Por isso estava realmente constrangido e se sentindo um pouco sacana por só ter procurado um vizinho quando precisou de ajuda. Daí o alívio quando viu a cara da velhinha que abriu a porta, e que parecia até agradecida por ele enfim ter vindo visitá-la. Mas, ao ver as muletas, a expressão dela passou à de preocupação.

— A senhora desculpe o incômodo — disse ele.

E explicou que sua linha fora cortada enquanto estava no hospital, e que tinha urgência em fazer uma ligação, e que a senhora me desculpe mas o elevador não está funcionando e não dá para descer as escadas desse jeito para ligar de um orelhão na rua, e ela disse faça o favor de entrar, é um prazer ajudar, e ele ficou mais sem jeito ainda, mas foi em frente.

— O senhor quer que eu disque o número?

— Não precisa se incomodar, por favor.

— O telefone fica logo ali — disse ela, pressurosa, indo na frente para tirar os jornais que o marido havia deixado sobre a cadeira.

— O senhor quer se sentar?

— Não é preciso. É uma ligação rápida.

— Então vou buscar um cafezinho.

— A senhora não precisa se incomodar, por favor.

Mas esperou que ela sumisse pela porta da cozinha, para então discar.

— Eu queria falar com o Rezende.
— É ele, Dumont. Até que enfim.
— Estou chegando em casa agora, cara. Com um bilhete misterioso que o médico me passou.
— Não é misterioso, Dumont. É confidencial. Você já deve ter imaginado do que se trata.

Dumont fez uma pausa: imaginava sim. É claro.

— Olha, Rezende, se eu pudesse marcava com você no Xuxu, mas não estou podendo sair ainda.
— O Xuxu não existe mais, Dumont. O dono dele morreu.
— O Xuxu?
— De cirrose, lá se vão uns dois meses.
— Então, como é que a gente faz?
— Eu vou aí hoje à noite, não se preocupe.
— Tudo bem. Vou te dar o endereço.
— Não precisa, cara. Eu sei onde você mora.
— Sabe?
— Seu endereço estava na bolsa da Bárbara.

E desligou.

Dumont ficou um instante com o fone na mão, dando sinal de ocupado. Depois virou-se lentamente e foi andando na direção da porta, sem notar o vulto parado no meio da sala com uma xícara de café tremendo nas mãos.

Enquanto esperava a chegada da noite com seus mistérios e suspenses — e, quem sabe, crimes —,

Dumont ficou imaginando vários enredos para o encontro fatal. Dali a pouco Rezende estaria parado na sua frente, parado na soleira da porta com um cigarro no canto da boca e o olhar determinado, mortiço e cheio de razão de um Bogart que tivesse acabado de desvendar o caso do falcão maltês, e ele resignado e entregue ali na poltrona, com a bengala entre as pernas e o olhar perdido no escuro, como um Borges tentando entender a história de eternidade. E se olhariam definitivos e fatalistas como Henry Fonda e Anthony Quinn em *Minha vontade é lei*, ou como Gary Cooper e os quatro bandidos em *Matar ou morrer*, ou como Tom & Jerry num beco sem saída, ou como 007 e Blofeld em *Os diamantes são eternos*, e continuaria desfilando os heróis e vilões mais absurdos se a excitação não fosse sendo lentamente substituída por uma modorra estressada que o atolou num cochilo sem sonhos, só interrompido quando o tiro da campainha explodiu em seus ouvidos.

É agora, pensou.

Levantou-se apoiado nas muletas do jeito mais desabado possível e caminhou lentamente para abrir o sarcófago milenar, tendo apenas como escudo para se defender da maldição do faraó um aspecto que implorava misericórdia, ou clemência, ou perdão, ou seja o que Deus quiser. Atrás da porta, com uma pasta na mão, estava um homem abatido, muito mais magro do que uns tempos atrás e com a barba mal aparada realçando a palidez do rosto, os óculos que não conseguiam esconder as olheiras e a tonalidade avermelhada dos olhos.

Rezende olhou-o sem interesse e foi entrando sem dizer nada. A dificuldade exagerada que Dumont procurava demonstrar ao se locomover não parecia comovê-lo. Caminhou até a mesa, examinou superficialmente as pilhas dos papéis de Garreto e pediu a Dumont que se sentasse, como se ele, Rezende, fosse o dono da casa. Depois abriu a pasta e começou a retirar, com uma lentidão visivelmente ensaiada, alguns recortes de jornal e um maço de folhas datilografadas, encimadas pelo timbre de um cartório de imóveis. Então, puxou outra cadeira e sentou-se ao lado de Dumont.

— O médico me disse que você nunca perguntou pela Bárbara, Dumont. Nunca se interessou pelo que aconteceu com ela.

E colocou os recortes na frente dele.

— Eu cobri o acidente, mas o seu jornal fez uma reportagem melhor, cheia de fotos. Você foi o destaque, meu caro. Olha só, eles se ocuparam mais do jornalista que escapou do que da obscura acompanhante não identificada.

Dumont olhou as fotos. Um monte de ferragens retorcidas e enfiadas de borco na descida de um barranco, escoradas por uma árvore ao fim de uma trilha de mato amassado. Outra foto mostrava um corpo coberto por jornais, estirado na rodovia e deixando ver apenas um pé calçado com uma sandália de pano bordado. O corpo, segundo a legenda da foto, havia ficado irreconhecível. Num boxe à parte, a foto de um homem moreno, ligeiramente calvo, barba grisalha, e a legenda: "O caminhoneiro Sebastião: 'Não pude fazer nada. O carro veio para cima de mim, na contramão.'"

— Vamos ao que interessa, Dumont. Depois você lê essas coisas. Isso vai ficar com você como recordação.

— Mas me conta o que aconteceu, Rezende. Eu não consigo me lembrar de nada. E isso que o médico falou é mentira. Eles é que não quiseram me contar.

— Tudo bem, vou fazer que acredito. Foi o seguinte: pelo que o homem do caminhão falou, o carro dela vinha a mais de cem e na contramão, ele piscou os faróis, buzinou, e o carro só se desviou quando estava quase em cima dele. Então saiu capotando para fora da estrada. De acordo com a perícia, ele disse a verdade. Mas se eu conhecia Bárbara, ela estava querendo morrer, e se arrependeu tarde demais. Você deve ter feito muita sacanagem com ela.

Dumont ficou fingindo que lia concentrado os recortes, atento ao próximo lance do adversário que já cercava sua rainha. Mas Rezende não continuou a acusação. Seus olhos estavam parados num ponto qualquer do vazio, e Dumont entendeu que estava ao lado de um homem morto.

— Você tem todo o direito de não acreditar, Rezende, mas eu juro que não fiz sacanagem nenhuma com ela. Com você, talvez, mas ela me garantiu que não havia nada, que vocês não...

— Você não precisa me explicar nada, cara. Não foi a primeira vez que isso me aconteceu — cortou Rezende, vendo através do seu nevoeiro uma cena antiga, um casal de mãos entrelaçadas numa boate etc. — Mas não precisa ficar me consolando, não. Posso te garantir que você se fodeu muito mais do que eu com essa merda.

— É, velho, você não sabe o que eu passei.

— Sei, mas você ainda não viu nada.

E começou a saborear a situação, mais um Santana em sua vida:

— Vou te contar uma coisa. A Bárbara era mulher do Cobra, entende? Era uma menina que chegou lá no jornal pedindo emprego e o sacana deitou e rolou. Fez uma porção de promessas, levou ela pra viajar, fez tudo quanto é sacanagem. Então ela ficou grávida e ele tirou o corpo fora à moda dele. Começou a encher a menina de droga, chamava uns caras da pesada pra fazer suruba com ela, até que ela abortou. Virou um trapo. Foi aí que eu fiquei conhecendo ela.

Dumont notou que Rezende falava sozinho.

— Eu andava muito por baixo, achei que ela estava numa parecida com a minha, e nós começamos a sair. Eu achei que ela estava melhorando, estava ficando uma moça alegre, tinha dias que ficava legal até demais. Só que de vez em quando tinha umas crises e sumia.

Passava uns tempos sumida e depois voltava como se não tivesse acontecido nada. Então eu comecei a ligar as coisas. Todas as vezes que ia ao jornal se encontrar comigo e o Cobra estava lá ela fazia questão de conversar com ele. Isso foi me grilando, mas quando eu perguntava se ela ainda queria alguma coisa com ele, ela desconversava, ou perguntava se eu achava que depois de tudo que tinha acontecido ela ainda ia querer alguma coisa e tal. Só que um dia, quando nós dois tomamos um porre e ela desandou a chorar, eu voltei a tocar no assunto e ela se descontrolou, me deu o maior esporro e disse que precisava do Cobra pra arranjar pó, que eu não servia pra nada, que o Cobra era um filho da puta mas era quem fazia as coisas.

— Estou entendendo...

— Não está não, Dumont. O problema é que eu achava que ela era igual a mim, uma fodida, mas eu tinha esperança de consertar as coisas.

— Olha, Rezende, você tem todo o direito de ficar puto, mas vou te contar a verdade: foi ela quem me procurou, me disse que não tinha nada com você, e depois deu um desses ataques que você contou e saiu feito louca pela estrada. Eu quase morro por causa disso e você ainda vem pôr a culpa em mim, aí também já é demais.

Rezende pensou um pouco, se recompondo. Mas logo seu velho sorrisinho surgiu entre os pelos de bigode:

— Aí é que você se fodeu, cara. A polícia achou cocaína no carro dela.

E colocou os papéis datilografados na frente de Dumont:

— Assine aí.

— Pomba, Rezende, que negócio é esse?

— É um contrato de doação de imóvel. Você está transferindo este apartamento para o Cobra.

— Eu?

— É a conta do hospital, cara. Quem você pensa que pagou a conta?

Um novo enredo começou a se clarear na cabeça de Dumont: a generosidade do dr. Guido, sua amabilidade, seus presentes, o tratamento gratuito, realmente nada disso fazia sentido. E o emblema no cabo da bengala.

— Você vai assinar este documento e sumir da cidade.

— Não vou assinar merda nenhuma, Rezende. Não pedi a ninguém pra pagar nada.

— Você está ficando meio burro, cara. Vê se entende: quem dava o pó para a Bárbara era o Cobra. Quando cheguei à redação com a matéria do acidente, ele me mandou comprar o delegado, o médico e uma porrada de gente pra eles esquecerem o caso. Me mandou porque eu conheço o Santana, o delegado, e eu sei que ele tem rabo preso por toda parte, inclusive com o Cobra, que conhece a turma da polícia que está metida com o tráfico. Mas tinha medo que alguém se aproveitasse e pegasse ele, que nesse ramo ninguém confia em ninguém. E chegaram a um acordo. Ninguém veria nada e você desapareceria da cidade e todos seriam felizes.

— Mas por que ele achou que eu seria um perigo? Nunca fui de entregar ninguém.

— Pra ele você não é merda nenhuma, Dumont. Mas ele aproveitou a situação e fez um ótimo negócio. Ou você acha que a conta do hospital vale este apartamento? Claro que não vale. Acontece que ele vive disso. É extorsão mesmo.

— Eu não vou assinar nada, Rezende. Esse cara não pode fazer nada comigo.

— Não pode? Olha aqui, seu trouxa. Você sabe quantos caras ele já mandou matar? Se ele compra a polícia só por causa de um pouco de cocaína e de uma putinha morta, imagine o que ele não faria com um babaca como você. Vê se entende, cara. Eu estou salvando a sua vida.

— Você chamou a Bárbara de puta, Rezende? Eu pensei que você gostava dela.

Rezende freou o discurso e abaixou a cabeça:

— Eu sou igual a ela, Dumont. Eu também estou na mão daquele filho da puta.

Dumont olhou o contrato, parecia um documento legal. Bastava uma assinatura e o único bem que ele tinha já era.

— Vamos supor que eu assine isso, Rezende. Com esse empreguinho que eu tenho, onde é que eu vou arranjar um lugar decente pra morar?

— Você não tem mais emprego, cara. Você foi aposentado por invalidez.

— O quê?

— O Cobra arranjou tudo com o seu chefe. Eles são do mesmo time. Ou você não sabia? Mas não fique triste, você vai receber salário integral. Se eu fosse você, assinava logo. Você não vai poder ficar aqui na cidade mesmo, e além do mais nem vai ter que batalhar pra viver. É só pegar a grana todo mês no INSS e ir escrever aquele seu livrinho. Eu tenho até uma sugestão: você estava escrevendo um troço sobre Ouro Preto, não estava? Por que não se muda pra lá?

— Você está doido, Rezende? Aquela cidade toda cheia de subida e descida e eu com essa perna arrebentada?

Rezende se lembrou de Bárbara, se lembrou de todos aqueles meses em que se roía imaginando o que esse pobre desgraçado aí esteve fazendo com ela, se lembrou do que ele próprio sempre fora, e sorriu:

— O Aleijadinho, que era muito mais estropiado que você, fez aquela obra toda lá, meu velho. Quem sabe você também consegue?

E entregou sua caneta a Dumont.

— Você é um filho da puta, Rezende — rosnou Dumont, enquanto pegava a caneta e procurava em que lugar do peito do outro ele poderia cravá-la. Mas Rezende se levantou e ficou olhando em volta:

— Até que você tinha um belo apartamento, cara. É uma pena, mas a gente está sempre perdendo alguma coisa nesta vida.

Durante toda a noite o fantasma de Dirceu Dumont vagou pelo castelo abandonado arrastando suas correntes. O toque das muletas no assoalho tinha um som sinistro, assim como as teias de aranha que começavam a enredar seus livros na estante. O restinho de conhaque que ele havia tomado ao chegar agora lhe doía no estômago como um soco, e ele se lembrou de que não comera nada desde que saíra do hospital e que o que havia na geladeira estava estragado, e que tinha sido muita burrice sua não ter previsto isso e comprado pelo menos um sanduíche no caminho. Mesmo assim foi até a cozinha procurar qualquer coisa na despensa. Um pacote aberto de biscoitos restava ali solitário à sua espera e ele quase se emocionou com tamanha solidariedade. Mas o pacote não estava tão sozinho assim: tão logo Dumont, apoiando todo seu peso numa só muleta, conseguiu alcançá-lo, suas guardiãs, em formas de baratas negras, saltaram sobre ele agitando asas e antenas. Dumont girou sobre a muleta e se agarrou à borda da pia para não cair, e ali ficou alguns instantes, ofegante, esforçando-se para impedir que o pânico tomasse conta dele. Então, abriu a torneira e viu que dela saía um fiozinho d'água, talvez o último, pois era bem possível que a água tivesse sido cortada também. E esfregou o rosto com força, com raiva, como se pudesse limpar dele tantos acontecimentos e evitando pensar que nesse restinho de água morna podiam estar misturadas algumas lágrimas. Não, decidiu, não vou chorar. E voltou para a sala engolindo um soluço que não deixaria escapar.

E só então se deu conta de que havia sobre a mesa mais coisas do que os papéis de Garreto. Rezende tinha deixado ali os recortes com o noticiário do acidente, um envelope pardo e um outro branco, menor, mas bastante volumoso. Dumont abriu-o com cuidado, achando que poderia conter mais alguma sacanagem no seu interior, mas encontrou apenas um maço de notas e um bilhete: "Isto são seus salários dos últimos seis meses, seu escroto." No envelope pardo estava uma cópia da certidão de doação e os documentos relativos à sua aposentadoria, tudo devidamente registrado, assinado, lavrado, selado e carimbado, confirmando oficialmente a ele que não havia sido apenas um pesadelo a imagem de Rezende se despedindo da porta e acenando com as chaves do seu apartamento. Rezende nunca foi bom de ficção, lembrou-se Dumont: o que ele disse era verdade mesmo.

Ficou por algum tempo examinando os documentos e viu que estava tudo correto. Seus dados pessoais estavam todos ali, a descrição do imóvel, recibos, tudo perfeito. Ao ver o local reservado para sua assinatura, ocorreu a ele que sua mão tremia ao firmar o original, mas só por um instante se iludiu com a possibilidade de alguém vir a duvidar de sua autenticidade, pois quem tinha poder bastante para conseguir tudo isso, comprar a quantidade de autoridades e escrivães que devia ter comprado, jamais se incomodaria com detalhezinhos desse tipo. E foi assim, amargurado com a extinção da honradez do fio de barba que caracterizava os compromissos nos tempos de Garreto, que Dumont voltou-se para os recortes de jornal, custando a reconhecer naquele carro arrebentado o veículo seguro que certa vez o conduzira ao centro do palco ladeado pelas mais célebres montanhas de Minas, excitado por chegar logo e comer essa loura gostosa que o dirige tão tranquila, e enxotando da cabeça a imagem que com certeza veria surgir por entre as ruelas de Ouro Preto, e que teria cabelos negros e olhos verdes, e que estaria iluminada pelo ouro fulvo do ocaso, ou devaneando ornada pela moldura colonial de um óleo de Marília. Mas a única imagem que conseguia vislumbrar agora era a de sua própria cabeça espetada no obelisco da praça, esperando, como o Alferes, que os urubus viessem devorá-la. E os urubus rondaram sua cabeça pela madrugada adentro, acuando-o ao som do ruflar espaventado de suas asas durante segundos, minutos, horas, até se tornar monocórdio, perder a intensidade e se transformar no estalido das bruxinhas se acidentando contra a luminária que, apagada, criou o clima e cedeu o microfone à cantiga afiadíssima dos pernilongos que insistiam em mantê-lo desperto e em acompanhá-lo pela via espiralada rumo ao centro do vazio total.

E ele assiste a si próprio despencando por uma rua cuja inclinação íngreme e vertiginosa impede que reconheça as luzes que correm no sentido contrário ao de sua queda, e que tanto poderiam ser vitrines iluminadas, semáforos, faróis de automóveis, parques de diversões, anúncios a néon, luzes que passam cada vez mais rápidas por essa rua que parece não ter fundo de tão vertical, mas que, aos poucos, vai se tornando uma suave e quase tranquila elipse sobre a qual ele pode deslizar como um surfista consciente de seu equilíbrio sobre as últimas ondinhas que se agarram à praia, uma sensação de brisa no rosto que é interrompida no pavor de ver que essa longa rua termina num canal cujas águas são revestidas de um mármore negro azulado e impecavelmente liso, e ele entende que ali está o fim, e se prepara para o mergulho final, mas eis que no último instante surge à sua frente uma ponte feita de peças de dominó chapadas, de uma só face e meio metro de largura, que ele, de bruços sobre uma prancha de papelão improvisada, atravessa sem qualquer problema, até ancorar o rosto na outra margem, aos pés de uma escadaria de pedras rigorosamente simétricas, como deveriam ser as escadarias das igrejas futuristas.

Agora, com o corpo quase em absoluto repouso, Dumont pode enfim examinar detalhadamente seu rosto, e se surpreende ao ver ali, mesmo reconhecendo muitos de seus traços, um rosto adolescente, com a máscara triste da mocidade perfurada por dois olhos límpidos e perscrutadores que sobem os degraus cobertos por milhares de guimbas de cigarros que ele vai espanando a cada pisada, como se fosse pó. A escadaria termina numa enorme edificação que tanto poderia ser uma igreja ou um museu, um prédio em forma de caixa retangular, cuja fachada compacta e sem adornos só é interrompida por três portas altíssimas e trancadas com ferrolhos. Ele escolhe a da esquerda e se senta a um canto da soleira, recosta-se na madeira áspera, cruza os braços sobre os joelhos e fica tentando entender aquela quantidade de tocos de cigarros esparramados por toda a extensão da escadaria, e nota que à medida que fixa os olhos neles vão se tornando cada vez mais brilhantes, contrastando com a escuridão como se fossem estrelas cilíndricas.

Ele está assim, acostumando-se com o cenário, quando a porta da outra extremidade se abre e um facho de luz, vindo lá de dentro, delineia o vulto de uma mulher que sai do prédio sem se voltar para um outro vulto que para atrás dela envolto num traje que ele imagina ser o de um monge. Ela faz um gesto teatral e dá uma última tragada num cigarro antes de atirar seu toco aceso quase aos pés de Dumont, num rastro que risca a neblina artificial que acabara de criar. Com um passo para o lado, ela sai de foco e a porta volta a se fechar. Dumont percebe que não vai mais conseguir distingui-la no meio da treva, mas sabe que ali, aos seus pés, deve estar brilhando a pequena chama que ela jogou para ele. Mas se contém, pensando numa frase de efeito que pudesse dar sentido a essas coisas, como, por exemplo, "ainda hoje, apesar de nada mais ter acontecido em todos os anos que se passaram, continua a procurá-la entre as milhares de guimbas que cobrem a escadaria". E, apesar de já sentir compacta a nata da noite no ar que já não consegue respirar, procura manter-se o mais quieto possível, esperando, sabendo que a qualquer momento essa porta em que está recostado também se abrirá e uma pesada mão descerá com a firmeza de uma garra sobre o seu ombro.

Um toque firme, mas delicado, o suficiente para que ele cruzasse o limite entre o sonho e a realidade. Nada como um beijo de Luiza nos sonhos de tantas manhãs atrás, ou como os seios de Bárbara entre tempestades verdadeiras, ou como o sorriso profissional de Elisa batendo a xícara de seu ralo desjejum acompanhado de remédios e ataduras, ou como o amargo soluço dos dias depois dos outros, ou, ou, ou. Era um jeito diferente de acordá-lo, seguido de uma voz grave de homem dizendo "acorde, sr. Dumont. Já chega de dormir". Ele abriu os olhos e viu os papéis de Garreto empilhados à sua frente, um homem vasculhando sua estante e a voz de um outro vindo da cozinha e dizendo "aqui não tem nada que preste". O homem da estante foi até a janela e abriu a cortina, deixando entrar o sol já quente e claro que bateu numa barba rasteira e se refratou num conhecido par de óculos no momento em que se virou e constatou:

— Então a boneca acordou — disse Rezende, tentando um risinho desajeitado. — Desculpe o incômodo, Dumont, mas não podemos ficar aqui o dia inteiro.

Voltou-se para a estante, recolocou no lugar o livro que estivera folheando e pegou a primeira das fitas cassete cuidadosamente enfileiradas na prateleira superior.

— Espero que você tenha gravado coisas boas, Dumont. Eu sempre admirei seu gosto requintado.

Dumont tentou levantar-se, mas a mão sobre seu ombro era pesada demais. Virou-se com dificuldade e encontrou às suas costas um homem grande e atarracado que o olhava com desdém, como se apenas estivesse escorando uma porta ou imobilizando com os pés as asas de uma galinha para que um outro cara qualquer pudesse degolá-la. Procurou manter a calma, o Rezende estava ali, era seu conhecido, talvez quem sabe conversar com ele, mas tudo que conseguiu foi ficar com os olhos quase vidrados ao ver que Rezende retirava o selo da fita e se encaminhava para a mesinha onde estava o gravador enquanto lia "Garreto — fita nº 1".

— Interessante, Dumont. Essa ópera eu não conheço.

E colocou a fita no aparelho:

— Quem sabe serve para dançar?

— Por favor, Rezende. Aí só tem anotações.

Rezende ligou o gravador:

"A maneira como o sol morre sobre a cidade..."

E o desligou imediatamente:

— Ah, é aquele papo sobre o seu livro.

E retirou a fita com um arranco, fazendo com que ela se desenrolasse feito uma serpentina marrom, brilhante e bêbada numa Quarta-feira de Cinzas.

— Você não vai mais precisar disso. Essa papelada aí deve ter material bastante para você se divertir nas próximas décadas, não é mesmo?

E chamou o homem que estivera na cozinha, mas que, pela direção de sua voz, devia estar agora no quarto.

— Juvenal, quando você acabar de fazer essa mala leva o gravador para o carro. Vai ser útil lá na redação.

— Tudo bem — respondeu o Juvenal. — Já estou quase acabando.

E para Santana:

— Vai lá dar uma mãozinha pro Juvenal.

Esperou que o homem saísse para dar um tapinha no ombro de Dumont.

— Isso é que é serviço competente, não é, cara? Se a gente fosse esperar você se arrumar com essa perna fodida, a gente nunca ia sair daqui.

"Alguém devia ter caluniado Josef K.", pensou absurdamente Dumont, enquanto observava Rezende dando ordens e esmiuçando seus pertences. Sabia que precisava agir, mas tudo que conseguia distinguir em toda essa situação era o sentimento de estar novamente contido dentro de um invólucro de gesso e a irresistível veleidade de ser lançado nos autos dos processos circulares de Kafka que o vinham protegendo e justificando desde que sua vida capotara num ponto qualquer do caminho. Ele simplesmente não conseguia raciocinar em linha reta, e às vezes tinha até vontade de rir dessa peça bufa da qual ele era personagem e espectador, divertir-se com ela enquanto era tempo, evitando o máximo possível o epílogo que se aproximava com sua cortina de lágrimas. E que talvez fosse agora, neste momento em que um dos atores vem andando na sua direção como quem agradece os aplausos:

— Você às vezes me deixa confuso, Dumont — disse Rezende, inclinando-se sobre a mesa. — Tanta coisa acontecendo e tudo o que você faz é balbuciar, é ficar observando, sem protestar nem nada.

E fez um gesto de quem vai passar carinhosamente a mão na cabeça do outro, que interrompeu a meio caminho:

— Eu não sabia que você tinha sangue de barata, meu velho.

Kafka outra vez, pensou Dumont. E procurou olhar firme na cara de Rezende, evitando que ele lhe torcesse simbolicamente o braço.

Rezende sentou-se na beirada da mesa, acendeu um cigarro e deu uma longa baforada no rosto de Dumont, causando-lhe um princípio de náusea que ele acreditou ser mais pela nova falsificação do estilo de Bogart do que pelo fumo em si.

— Você até que foi uma boa coisa para mim, Dumont — prosseguiu. — Esse gordo que estava atrás de você já foi o pavor da minha vida. Era um daqueles delegados filhos da puta da época da ditadura, o famoso Santana. Hoje ele já não é mais merda nenhuma, mas você foi a única oportunidade que eu tive pra tirar um sarrinho com ele. Vou te contar, ontem foi um dia e tanto. Quando o Cobra me disse que era para eu dar um jeito de sumir com você daqui e sugeriu que eu usasse alguns tiras conhecidos, pensei logo nele. Aí eu pedi ao Cobra que fizesse um cartão me credenciando como seu representante. Quando mostrei a assinatura dele, o Santana chegou a me chamar de doutor. Ah, rapaz, você não sabe o prestígio que o Cobra tem com esses caras.

Deu uma nova tragada:

— E você nem imagina como é gostoso poder mandar neles.

Dumont permaneceu calado, inalterado em sua postura, vendo que a teoria sobre a coerência que percebera superficialmente quando se encontrou com Rezende no *Correio Montanhês* se completava com a perfeição de uma tese de doutorado.

— Você não vai mesmo dizer nada? — insistiu Rezende.

— Não — respondeu Dumont. — Tudo isso faz sentido. Foda-se.

III

Montanhas

"Montanha é uma bobagem."

(Marques Rebelo, autor de um conto chamado "Serrana", em entrevista a Paulo Mendes Campos para a revista *Voga*, em 1951.)

O taberneiro disse puta que me pariu e olhou para o teto no exato momento em que duas aranhas acabavam de consolidar seu amor e se abraçavam com todas as patas depois de cearem umas moscas magrelas cujas carcaças ainda balançavam na teia nupcial. O taberneiro era o dono de uma birosca encravada na zona boêmia de Ouro Preto, e era assim chamado por gostar de dizer que já fora dono de uma taberna na Espanha, o que não era verdade. O taberneiro, na realidade, havia nascido num subúrbio de Belo Horizonte e era descendente de nordestinos que ali aportaram atraídos por mentiras sobre o desenvolvimento industrial do sudeste brasileiro e suas minas de ouro, o que talvez tivesse sido um fato alguns séculos atrás. Naquele tempo, de acordo com a conclusão a que chegaram os bêbados da birosca que riam de suas histórias, os jornais levavam muitos anos para chegar ao interior do Piauí. Mas o taberneiro insistia em afirmar sua origem espanhola, que sua família teve muitos toureiros famosos, que ele comera todas as ciganas da região da Catalunha, já vira muita gente morrer em duelos por questões de honra, que chegara a ser convidado para as bodas de sangue de um tal de Lorca que era amigo de seu pai e que depois foi assassinado por ser bicha e comunista, que, que, que, esforçando-se para lembrar, enquanto inventava os casos, as cenas que sempre o fascinaram nos romances de capa e espada. O taberneiro costumava ficar tão empolgado com suas ficções que muitas vezes, em seus delírios, trocava seu verdadeiro sobrenome — Munhoz — pela grafia hispânica Muñoz ao assinar cheques que, naturalmente, eram devolvidos pelos zelosos bancos que ainda o aceitavam como cliente. O taberneiro era um homem geralmente calmo, mas, talvez movido por algum remorso inconsciente por dizer tantas mentiras, se irritava com certas pessoas que, na sua opinião, tinham a mesma mania, como aquele bêbado manco que todas as noites vinha à birosca e dizia ser um escritor famoso e que tinha sido médico praticante até o dia em que a máfia tomou tudo o que possuía. E tentava provar isso mostrando o emblema com a cobrinha enrolada no cabo da bengala. Por isso, o taberneiro disse puta que me pariu e olhou para o teto no momento em que Dirceu Dumont, como em todas as noites, entrou na birosca com seu jeito torto de andar.

Antes mesmo que Dumont lhe pedisse o de sempre, Munhoz encheu um copo de conhaque, deixou-o sobre o balcão e se virou para lavar as vasilhas na pia, diversos pratinhos engordurados nos quais se debatiam alguns insetos presos pelas patas, o que sempre o fazia pensar em seus fregueses: ficam tanto tempo enchafurdados em botecos que acabam atolados — filosofava sua metáfora predileta. No fundo, o taberneiro detestava bêbados, e se consolava imaginando como seriam as alegres tabernas espanholas. Esse aí, então — monologava —, com a mania de abordar gente que não conhece, um dia vai acabar arranjando problema. Fica sempre perguntando se o cara conheceu um tal de Garreto que era poeta, logo aqui na zona. E suas esquisitices: quando eu quis saber por que ele não arrumava um lugar pra morar que não fosse lá em cima e ter de subir essa pirambeira toda noite bêbado e com essa perna fodida, me disse que lá de cima ele podia ver melhor o crepúsculo, o sol morrendo feito uma hóstia sobre o altar das montanhas de Minas. Quanta frescura eu tenho de aguentar, porra! E um prato ensaboado caiu de suas mãos.

— Caralho!
— Quer que eu te ajude, Espanha?
— Não enche o saco. Sai pra lá.

E se abaixou para ajuntar os cacos, a raiva e a humilhação fazendo estufar-lhe as veias das têmporas.

Dumont pegou seu conhaque e procurou uma mesa no fundo da birosca, pensando confusamente no que o tempo faz com as pessoas: antigamente, por muito menos, eu teria brigado. Sentou-se, pôs a bengala sobre a mesa, deu uma leve bicada no conhaque e ficou olhando a mulher nua na folhinha da parede, mas só da cintura para baixo. Era um exercício que ele gostava de fazer, forçando a imaginação para completar o corpo dela com os seios e o rosto de Bárbara, mesmo sabendo que não conseguiria: faltava agitação. Mas quando prestava atenção nos pés dela, invariavelmente se lembrava da sandália de pano bordado e os jornais cobrindo-lhe o corpo. Tomou então um grande gole e fechou os olhos, esperando que o entorpecimento viesse socorrê-lo, como muitas vezes acontecera.

Não aconteceu nada. O grito do taberneiro foi incapaz de despertar nele humilhação ou raiva, Bárbara não fazia sentido algum, mas nessa noite ele sentia uma inquietação que havia muito não experimentava e que começou quando cruzou a praça e notou que ela estava cheia de gente, muitos carros chegando, os bares lotados, e viu em tudo isso um contraponto de sua chegada pouco mais de um ano antes, um meio-dia quase deserto de janeiro, e pensando: é aqui que eu vou ficar até morrer, não vou fugir como o Garreto fugiu; essas montanhas são minhas. Pensava nisso como uma desforra à sugestão de Rezende de se tornar um novo Aleijadinho, e que, em vez de uma tremenda sacanagem, aquele filho da puta tinha feito a ele o favor de acertar o caminho do seu destino. O risinho do outro na rodoviária, depois de ajudá-lo a pôr a mala no ônibus e o deixar na plataforma com a passagem de ida e um único embrulho onde estavam misturados o dinheiro, a cópia da escritura de doação e os papéis de Garreto, era tudo — acreditou, então — de que precisava para romper com a encenação da sua vida, e sem nenhuma possibilidade visível de voltar atrás. Já não tinha cidade, casa, emprego, passado, raiz, nada que não passasse de um amontoado de lembranças, sonhos e pesadelos. E quis se convencer de que a passividade com que aceitara que os acontecimentos o conduzissem para esse novo nascimento era apenas um suicídio permitido: nunca mais Rezende, nunca mais jornal, nunca mais Belo Horizonte — e então, como se depositasse flores sobre um túmulo, sussurrou: nunca mais Luiza. Mas nisso ele não acreditava. Ele sabia, no fundo, que em vez de estar indo para o lugar onde Garreto conhecera Marília, o que buscava mesmo era a multidão da Praça Tiradentes, no meio da qual, pela primeira vez, ela surgiu sob os longos cabelos negros, os olhos verdes faiscando entre tanta gente colorida. Era para lá que ele estava indo, para tentar enfim unir e elar aqueles círculos paralelos que ele e Luiza sempre foram, e que certamente ainda estariam rondando as velhas ladeiras feito as auréolas dos loucos.

Só que essa noite as ladeiras estavam ficando cada vez mais cheias de gente de fora, homens de terno e gravata e senhoras com vestidos longos e altos saltos tropeçando nas capistranas com a maior elegância a que o medo do vexame as obrigava, e fazendo de conta que não viam o tipo de gente que frequentava a birosca do Munhoz, como, por exemplo, Dirceu Dumont. E já havia se passado pelo menos meia hora que ele estava tentando organizar suas lembranças, desconcertado com aquelas pessoas tão diferentes de seus tempos de festivais de inverno que passavam sem parar pela porta da birosca, quando resolveu voltar ao balcão para pedir mais um conhaque ao taberneiro e arriscar uma pergunta:

— Não é por nada não, Espanha, mas o que é que está acontecendo hoje?

— Hoje é véspera de 21 de abril, meu caro intelectual.

Vinte e um de abril, como Dirceu Dumont se lembrou envergonhado, era a data em que se comemorava a morte do dentista mais famoso de Ouro Preto, o tal que, havia já alguns séculos, ganhara notoriedade nacional por ter enfiado a cabeça onde não devia e mais tarde virou efígie de uma nota, antigamente denominada "cruzeiro", que o tempo se encarregou de transformar em relíquia da História da Inflação, assim como aquelas pessoas que passavam pela porta da birosca como se estivessem indo para um casamento eram relíquias de uma coisa chamada "Nova República" que, por um acaso muito bem planejado, também começou com a morte de outro mineiro famoso exatamente num dia 21 de abril, só que muito tempo depois, e esses fatos foram se acumulando na cabeça de Dumont até o momento em que ele pediu outro conhaque ao taberneiro Munhoz e este lhe disse que não iria servir mais nada, que Dumont já estava bêbado e falando bobagem, essas coisas que todo taberneiro diz quando está com o saco cheio, mas que não devem ser levadas a sério.

— Só mais este — concedeu Munhoz.

Dumont não disse nada. Havia mais de um ano que ele escutava a mesma ameaça e sabia que, quando fosse a hora de fechar a birosca, o taberneiro lhe emprestaria o ombro para ajudá-lo a subir a rua, abriria o portão da sua casa e o jogaria na cama de roupa e tudo, xingando uns palavrões que ele já não teria condições de ouvir. A única diferença entre eles — reconheceu Dumont, apoiando os cotovelos sobre o balcão — é que ele pode andar sem bengala; ele sabe que nós somos feitos da mesma merda.

Dumont já estava se preparando para fazer essa declaração de amor a Munhoz quando alguém tocou seu ombro:

— Que mundinho pequeno, hein?

Dumont virou o rosto com a competente dificuldade, enquanto se sobressaltava com a certeza de que não era a primeira vez que ouvia essa voz, um tom profissional que tempos atrás perfurara as ataduras que impediam sua visão e dizendo meu nome é

— Elisa?

— Quer dizer que o bandido voltou ao local do crime — disse ela, tentando ser espirituosa e logo percebendo o mau gosto da brincadeira.

— Pois é, Elisa. É assim que terminam os piores romances.

Ele ia continuar esse joguinho, mas percebeu o embaraço dela.

No pequeno silêncio que se seguiu, viu Elisa tapar a boca com a mão e abaixar a cabeça, mostrando a ele as raízes brancas de seus cabelos pintados. Como uma mãezinha, ele se lembrou. E tentou demonstrar um pouco de ternura tocando levemente o seu queixo para que ela o olhasse e visse que esse tipo de coisa já não o afetava, se é que já o atingira alguma vez, pois Dumont há muito vinha desconfiando da força que fazia para supervalorizar seus sentimentos e suas dores, como se tudo em sua vida precisasse ter um tom dramático que a justificasse e ele precisasse percorrê-la se desintegrando capítulo por capítulo até o glorioso epílogo, *Laus Deo*.

— Que bom te encontrar aqui, Elisa — disse ele, lembrando-se tarde demais que estavam num bar da zona.

Ela não pareceu se dar conta de onde estava:

— É, eu vim com meus pais ver o movimento. As coisas são muito paradas lá em Mariana.

— Mariana?

— Minha família é de lá, nunca te contei? Eu agora estou morando com eles.

— Quer dizer que você largou o hospital?

— Você não sabia? Você ainda estava lá quando...

E parou, lembrando-se das circunstâncias da sua demissão, a mão gordurosa do dr. Guido subindo por sua coxa e a imagem daquele paciente se desmilinguindo em gozo enquanto desaparecia na tela, este mesmo homem com uma perna menor que a outra e este bafo de bebida velha que começa a lhe embrulhar o estômago quando ele tenta socorrê-la:

— Foi por minha causa, Elisa?

— Claro que não — ela respondeu com rispidez, as cenas daquele dia se embolando em sua cabeça, era muita pretensão dele achar que teria se demitido por sua causa. Mas sorriu e mudou o tom ao ver o ar ingênuo de Dumont, que a olhava com uma expressão que lhe pareceu sinceramente preocupada. Levou a mão ao rosto dele e repetiu a resposta com suavidade:

— Claro que não.

Ele fez menção de tocar também o rosto dela, mas Elisa se afastou:

— Meus pais estão esperando ali na frente, Dirceu. Eu preciso ir.

— Eu vou te ver de novo?

— Pra quê?

— Nada. Pra gente conversar um pouco. Eu não conheço quase ninguém neste lugar.

— Vamos ver, Dirceu — ela falava agora olhando diretamente no peito dele, lembrando-se com saudade do dia em que seu coração de mulher etc. e duvidando muito que quem sabe desta vez e agora direito, e aquela perna que ela lavava e alisava, e aquele...

— Olha, se meus pais estiverem bem amanhã, é possível que eu volte para ver o 21 de abril.

— Mas como é que eu vou te achar no meio dessa gente toda?

— Eu gosto de ficar na escadaria da igreja, ali ao lado do museu.

E se virou, bem devagar, na direção da porta:

— Gostei de te ver, Dirceu. Tiau.

Nos longos segundos que durou sua caminhada até a rua, Dumont notou que o jeito dela andar havia mudado. Ela já não tinha o porte marcial da enfermeira que o tratara como a um filhinho doente. Vendo o sutil rebolado que fazia dançar o estampado do vestido de seda, ele suspeitou que só agora, depois de madura, ela resolvera descobrir a mulher que durante tantos anos relutara em assumir-se como tal, feito uma adolescente de meia-idade ou uma freira tardia que, de tanto esperar em vão, resolvesse romper seu noivado com Cristo e tentar aproveitar o que lhe restava da vida. Ou talvez não, ele pensou, lembrando-se do macio quente daquela boca envolvendo o seu pau. Talvez estivesse ali contida e acumulada uma montanha de sensualidade sobre cujo altar fofo e acolhedor ele estaria prestes a se espojar, fazendo brotar uma flor carnuda por entre a vegetação ressequida por tantas searas e colheitas perdidas. E talvez. E quem sabe. E a voz do taberneiro o trouxe de volta à velha birosca de todas as noites:

— Só se for com esse pau aí — disse, apontando a bengala que Dumont alisava sonhadoramente.

Dumont procurou preservar-se:

— Essa mulher me salvou a vida, Espanha.

— Que azar o meu, cara. Então foi ela quem te deixou amassado desse jeito?

E encheu novamente o copo de Dumont:

— Esse é por conta da casa, meu camarada. Pra ver se essa coroa me dá sorte e some com você daqui.

Dumont tomou o conhaque de uma golada.

— Você está doido pra ser meu padrinho, não é mesmo, Espanha?

— Com a condição de não ver mais a sua cara, eu faço qualquer negócio.

— Eu nunca te abandonarei, pode ter certeza.

O taberneiro abriu um refrigerante e brindou à saúde de Dumont:

— À cruz que eu carrego!

— Salud, amigo mío!

— Amigo es la puta que lo parió.

— Isso é que é castelhano de zona, cara.

E continuariam nesse diálogo oligofrênico a noite inteira se o espírito cívico da Inconfidência não os interrompesse, irrompendo birosca adentro na figura de um deputado bêbado abraçado a uma puta de cabelos amarelos quase dependurada em sua gravata. Dumont se firmou na bengala e voltou para a mesa dos fundos, a moça da folhinha que ele vestiria por toda a madrugada para embalá-lo como a um recém-nascido ao som de uma canção que sugerisse que o mundo estava começando agora.

— Nunca mais... — ele começou a balbuciar. Mas sabia que isso era impossível.

O lugar onde Dirceu Dumont estava morando — e que ele orgulhosamente chamava de "meu lar" — era uma casinha na encosta de um morro onde terminava o precário calçamento de pedra de uma rua sem saída. Ele havia comprado essa casinha no mesmo dia em que chegou a Ouro Preto. Deixou a mala, o embrulho com o material de Garreto e os documentos no depósito da rodoviária e desceu para o centro da cidade, treinando as caminhadas de bengala que teria que aprender e calculando o preço daqueles casarões imponentes, que seria, evidentemente, proibitivo para sua pensão de aposentado. Manquitolou por algum tempo por travessas, vielas e becos, até que o cansaço e o calor o atirassem à mesa de um barzinho que lhe surgiu, àquela altura, feito uma miragem. Era a birosca do Munhoz.

Depois de ofegar um pouco e enxugar o suor do rosto com seu lenço amarfanhado, pediu uma cerveja bem gelada e perguntou ao dono do bar onde poderia comprar ou alugar uma casa por ali, de preferência uma que tivesse vista panorâmica, jardim, e fosse barata.

— Isso não existe — respondeu o taberneiro, desconfiado com a aparência de Dumont.

— Existe sim — a voz rugiu do fundo da birosca.

Um homem veio andando na direção de Dumont, sentou-se ao lado dele:

— Eu tenho um imóvel assim, do jeitinho que o senhor está querendo. Se o senhor quiser dar uma olhada nele, estou com o carro aí fora.

O taberneiro conhecia bem o homem, sabia que ele era um vigarista, mas não tinha nada com isso e resolveu cuidar de sua própria vida. O aleijado que se fodesse.

Dumont também achou o homem afoito demais, mas estava sem saco para conversar e decidiu segui-lo. O carro era uma camionete velha que sacudia barulho e poeira rua acima enquanto o homem se gabava da vista admirável que sua propriedade tinha e do preço que era quase dado, e ponderava que só a vendia porque estava de mudança para outra cidade, ia morar numa fazenda em Goiás onde se dedicaria à criação de gado e à mineração, mas que sentiria muita falta de Ouro Preto e mais uma série de coisas que atirava, em forma de perdigotos, contra o para-brisa da camionete. Dumont ouviu meio ressabiado o papo dele, pensando que, pela demora em chegar à tal casa, vai ver que ela é que era em Goiás. Mas logo que terminou o calçamento, ele viu o seu futuro "lar".

O homem saltou da camionete e abriu os braços sobre a cidade:

— O senhor já viu paisagem mais linda?

Dumont ainda não tinha visto: estava olhando, desolado, a fachada bombardeada logo atrás de uma varandinha e de dois pequenos canteiros desérticos, a não ser por um pé de milho seco no canto de um deles.

O homem notou o desalento no seu rosto e apressou-se em animá-lo:

— Com uma pequena reforma essa casa vai ficar uma joia. O senhor precisa vê-la por dentro. Vamos.

Dumont desceu da camionete resignado. Viu que a porta tinha ferrolho, o que já era alguma coisa num lugar ermo e afastado como aquele. Notou que a distribuição da pequena mesa e das duas cadeiras tinha sido bem feita, fazendo sobrar um espaço quase milagroso. O banheiro era limpo e tinha água, o que era fundamental. A cama era de tamanho médio, nem de solteiro nem de casal, e poderia servir para ambos os estados civis, com a vantagem de que quem fosse dormir ali com ele teria de ser bem juntinho, não havia como escapar. Dumont perguntou quanto o homem queria pelo "barraco", na esperança de depreciá-lo a seu favor. Ouviu uma cifra reticente. Ofereceu a metade e à vista, desde que a mobília fosse incluída. O homem disse que assim seria um mau negócio, o senhor sabe. Dumont disse que era pegar ou largar. O homem topou. Dumont então disse que precisava pegar suas coisas na rodoviária e depois iriam ao cartório sacramentar o negócio, imediatamente, pois tinha quase certeza de que havia algo errado na facilidade com que o outro aceitara seus termos e queria conferir a documentação dele. Não havia, o imóvel estava legal. O problema do homem era outro, ficou sabendo depois, através do taberneiro. Ele precisava de qualquer dinheiro para sumir da cidade por causa da quantidade de trambiques que tinha dado na praça.

— Você nunca deveria confiar num cara que só bebe no fundo do bar, como se estivesse se escondendo de alguém — disse Munhoz, assim que ficaram mais íntimos.

Quando ele disse isso, Dumont estava bebendo no fundo da birosca.

Nos meses seguintes, Dumont tratou da casa com o capricho e a paciência de quem tem todo o tempo do mundo para tratar de uma casa. Mandou rebocar a fachada, caiar as paredes, trocar algumas telhas e jurou mantê-la sempre limpa. Sonhava ter ali um dia um gato feito o Sardanapalo de João Alphonsus, mas sem seus "percevejos de longas barbas multisseculares". Vai ser uma casa modesta — ele se prometia —, mas digna. Não vou precisar mais do que isso. Tudo arrumado, ajeitou a um canto da mesinha o material de Garreto, comprou papel, pacotes de sopa instantânea, biscoitos, café e um bom estoque de conhaque, que era como ele chamava aquela meia dúzia de garrafas que o Munhoz lhe impingira, "envelhecidas", como garantiu-lhe o taberneiro, justificando a poeira encardida que cobria os cascos quando as resgatou do esquecimento do porão, pois nem ali na zona ele conseguia vender uma marca tão ordinária. Com a casa em ordem, Dumont se ocupou do jardim. Cercou os dois canteiros com tijolos e plantou manacás, damas-da-noite e copos-de-leite, que eram para perfumar o ambiente, mas nada de rosas, pois o aroma delas lembrava velório. Então, num fim de tarde, ele se deu por satisfeito. Tomou um longo banho, encheu seu copo de conhaque e levou a cadeira de balanço para a varanda no momento exato em que o sol terminava seu mergulho atrás do morro, deixando apenas o ouro fulvo e coisa e tal, e ele se prometeu que na manhã seguinte recomeçaria a trabalhar no romance sobre Garreto, cujo título bem poderia ser um dos versos daquele hino, talvez *A esmola divina do amor*, talvez *O altar das montanhas de Minas*, talvez, talvez, talvez. Ele se fez essa promessa em todos os outros crepúsculos, mas sempre deixava para cumpri-la outro dia ao acordar com a língua travosa e as mãos trêmulas, exatamente como acordou nesta manhã de 21 de abril.

O santo remédio rebatedor da drogaria do Munhoz e o cigarrinho matinal provocaram o pronto e previsível efeito nas vísceras poluídas de Dumont e ele precisou correr ao banheiro para dar sua modesta contribuição aos esgotos centenários de Ouro Preto. Uma contribuição dolorosa e amarga, composta pela fermentação do vinagre do conhaque, do torresmo e do sanduíche de linguiça da véspera que fazia seu suor pingar gelado do rosto apoiado nas mãos, mas que, daí a pouco, quando pudesse enfim respirar e sentir a brisa secando seu corpo, traria de volta sensação de estar vivo e em condições de enfrentar as pompas do dia que o esperavam lá fora. Algumas flexões sobre o ladrilho e uma chuveirada completariam seu renascimento.

Mas a sensação de que as coisas ainda poderiam estar por acontecer que recolocava, de tempos em tempos, o mesmo disco na vitrola, obrigou-o a fazer algumas modificações nesse ritual. Dumont procurou entre seus vidros de sedativos e antiácidos a loção que usara pela última vez enquanto esperava a chegada de Bárbara e a espalhou pelos pontos que considerava estratégicos em seu corpo, como o pescoço, as axilas, os pelos do peito e as coxas, deixando que os outros pontos mantivessem o odor animal necessário para o contraste que ele achava fundamental no momento em que estivesse, por fim, exercendo exatamente aquela função animal geradora de vidas, espécies, gozos, suspiros e dores.

Vinha então a penosa hora da escolha da roupa que, por se tratar de um dia tão especial, talvez fosse mais adequado chamar de "indumentária". A calça de veludo, as botas e a blusa de lã que... (esquece dela, Dirceu!), tinham se estraçalhado no acidente (ainda bem), mas lhe restavam algumas peças relativamente novas, pois há muito tempo ele não via motivo para usar qualquer coisa que não fosse o jeans surrado de todos os dias. Mas hoje havia um motivo: ele sentia que lhe voltava o espírito do antigo Dirceu Dumont através de uma euforia crescente a cada gole de conhaque que ele tomava na sala nos intervalos de sua paramentação, e que só foi interrompida pela intromissão abrupta do presente, simbolizado nos cabides do armário por suas calças cuidadosamente dependuradas: todas tinham a bainha esquerda encurtada em cinco centímetros. Resolveu deixar de frescura e vestiu a primeira que viu pela frente, a camisa de manga comprida mais sóbria e o velho sapato de sola de borracha comida nas bordas de tanto frear pelas ladeiras. Pra falar a verdade — se justificou, falando com o espelho do armário —, pra Elisa até que estou bem demais.

Entornou mais conhaque no copo, pegou o jornal da véspera que jazia intocado sobre a mesa e forçou a perna na caminhada até a varanda, iludindo-se de que poderia fazer isso sem a bengala. A cobrinha zombou dele quando o nervo esmagado entrou em curto.

Mas, ao chegar à varanda, o Sol da Liberdade refulgiu imenso em seus olhos, rasgando a paisagem de morro a morro e despertando, nas encostas enegrecidas, o brilho talvez de algumas pepitas esquecidas pelos colonizadores. Os velhos bois adormecidos, com seus lombos picados por riquezas e sangue. Estou ficando piegas, desconfiou Dumont. É melhor deixar o conhaque pra mais tarde.

O jornal contava a versão bicentenária do trágico acontecimento ocorrido num dia 21 de abril do século XVIII no Rio de Janeiro, mais precisamente no campo de São Domingos e exatamente no centro do Largo da Lampadosa, onde uma forca fora levantada e nela faleceu de morte natural o réu Joaquim José e assim por diante, como Dumont já sabia, pois aprendera isso a golpes de régua e castigos depois das aulas, que foram a constante de seu dramático curso primário. Desde então ele passou a odiar professores, soldados, carrascos, dentistas e, principalmente, as pessoas que usavam gravatas, pois, numa associação de pensamentos, como tentara lhe explicar uma psicóloga gostosíssima de sua problemática adolescência, et cetera. Todos os anos o jornal publicava a mesma matéria, mudando apenas os nomes das autoridades que seriam homenageadas no evento conforme fossem substituídas, exoneradas, nomeadas ou falecidas. O resto do texto era idêntico aos dos anos anteriores, mesmo porque já era tarde demais para que a História da Pré-História da Independência pudesse ser alterada, ainda que o Brasil continuasse na Idade Média em relação a seus objetivos e a Democracia, apesar de ter sido bolada havia quase três milênios, ainda insistisse na fase platônica, e seus mitos de caverna. Dumont percebeu que ainda não perdera sua mania de divagar e, pior ainda, já estava começando a falar sozinho. Resolveu parar com isso e encetar bravamente a longa e capengante jornada até a Praça Tiradentes.

No primeiro boteco de esquina que passou, um crioulo largou o taco de sinuca e cantou bem alto:
— "Eu tenho uma mula manca..."
Dumont empunhou a bengala como se fosse um florete, quase perdendo o equilíbrio:
— É mula preta, seu viado!
O crioulo acertou a bola sete e deu uma gargalhada.
Adiante, ordenou-se Dumont, fincando a bengala entre as pedras da rua. Preciso deixar de ser besta.

"Feérico" foi a primeira palavra que veio ao cérebro suado de Dirceu Dumont logo que a praça se "descortinou" à sua frente. Lembrou-se imediatamente da época em que seu pai o levava às paradas militares da infância, quando ainda o fascinavam expressões como "garbosos oficiais", "heróis", "cadetes", "passo de ganso", "generais", "cavalos", "pompas", "canhões" e "bandas", coisas que o elevavam, modesta e honradamente, a poetas como Raimundo Correia, pois, como a História jamais desmentira, aqui, nessa praça, outrora retumbaram hinos. Mas desta vez, ao ver os capacetes emplumados dos "Dragões da Independência", a imagem que "turvou" seus olhos foi a de um imenso galinheiro colorido. Dumont estava relativamente errado. "Feérico", ele repetiu: Isso é adjetivo de circo.

Quando o ônibus cruzou a divisa entre o subúrbio de Mariana e o subúrbio de Ouro Preto, Elisa escancarou a janela, olhou a paisagem e suspirou: "Por que não?"

O arranjo de flores na lapela de seu vestido se agitou com mais intensidade, e ela achou que era por causa do vento.

Dirceu Dumont sentou-se no alto da escadaria da igreja, não sem antes destacar e dobrar duas folhas do jornal para forrar o degrau, fazer um chapeuzinho com outra para se proteger do sol e abrir o caderno especial sobre a Inconfidência para se inteirar da programação do festejo e enganar o tempo até que Elisa chegasse.

Então ficou sabendo que seria ateado um fogo simbólico para acender a Pira da Liberdade, que a Banda da Polícia entoaria hinos, que bandeiras seriam hasteadas, que o governador espetaria em peitos varonis centenas de medalhas — cujo mérito estava dividido em quatro níveis de importância, divisão essa baseada no próprio mérito de cada agraciado —, que entre os agraciados estavam embaixadores, senadores, deputados, governadores, almirantes, ministros, doutores, escritores, secretários, padres, senhores, atores, clubes, coronéis, academias de letras, jornalistas, decoradores e estilistas de todos os sexos, , ,. E que essa vasta homenagem era feita através da proposição de um "Conselho da Medalha", criado por lei e composto por notáveis que, é lógico, já teriam suas próprias medalhas dependuradas na parede ou no pescoço, de acordo com a conveniência ou o evento.

Um quadro à parte contava o testemunho de um franciscano que assistira à cena principal do martírio do Protomártir e que, com minúcias dignas de um historiador minimalista temporão, relatava: "Soldados com farda de gala formavam um triângulo em torno do patíbulo. O réu Joaquim José da Silva Xavier, olhando fixamente o crucifixo" (eis um historiador concretista, pensou Dumont, impressionado com tanta fixação) "que trazia na mão, chegou em procissão" (bom de rima, analisou Dumont) "acompanhado por sacerdotes, funcionários da Justiça e membros da Irmandade da Misericórdia, rumo ao lugar da forca levantada no campo de São Domingos e nela padeceu morte natural" (esse franciscano conseguiu ser naturalista e satírico ao mesmo tempo, espantou-se Dumont) "e lhe foi cortada a cabeça e o corpo dividido em quartos" etc.

Dirceu Dumont estava quase cochilando por causa da leitura, do calor e da ressaca, quando foi despertado pelo esporro de um helicóptero sobrevoando a praça e perdendo altura vertical e gradativamente, dando tempo à sua ventania de espalhar o povo para que pudesse pousar, e do qual desembarcou um homem gordo e muito grande que logo foi cercado pelos agraciados, áulicos, representantes do clero conservador e parrudos seguranças que o seguiram em procissão rumo ao lugar do palanque erguido etc., enquanto o som da banda militar procurava abafar a vaia que vinha da multidão já devidamente confinada atrás de cordões de isolamento, no meio da qual uma senhora, vestida sobriamente e com um arranjo de flores na lapela, acenava para a escadaria da igreja.

A janela gradeada do restaurante, que talvez pudesse também ser chamada de sacada, ficava sobranceira à praça, mas a uma distância suficiente para permitir que as pessoas ali conseguissem conversar em paz, sem que a exaltada fanfarra as obrigasse a falar aos berros. Além disso, tinha a vantagem de deixar entrar a aragem do entardecer que fazia um suave conluio com a iluminação discreta e com o fato de o recinto estar vazio àquela hora, pois seus próximos frequentadores ainda se perfilavam diante do palanque governamental lá embaixo, na expectativa da partilha do quinto do ouro que lhes cabia em forma de medalhas, colares, insígnias e promessas de negócios e mutretas bilaterais cochichadas durante o abraço do mandatário grande e gordo que os distinguia como se fossem centenas de heróis. Era nisso que Dumont pensava enquanto procurava um jeito de quebrar a falta de assunto e a expressão tensa de Elisa sentada à sua frente, olhando a taça de vinho filtrar as luzes dos holofotes oficiais e criar uma tonalidade que sugeria a ela a cor do tão temido pecado.

    Eles já estavam ali havia uns dez minutos por iniciativa de Dumont, depois de pensar aflitamente num local romântico aonde levar Elisa e fugir daquela festa absurda, enquanto atravessava a multidão pedindo desculpas pelo transtorno e dando despistadas bengaladas nas pessoas que atravancavam o caminho. Essa bengala tem mesmo seus encantos, pensou sacanamente ao ver que abriam passagem para ele, condoídos. Conseguiu encontrá-la na porta do restaurante, a solução providencial que se escancarava óbvia, e aproveitou a circunstância para subir as escadas apoiando-se na mulher, mesmo que, com a prática adquirida, isso fosse absolutamente dispensável. Escolheu a mesa junto à janela e, enquanto se ajeitava na cadeira, reconheceu que, à exceção da birosca do Munhoz, esse era um antigo hábito seu. Como também o vinho tinto que pediu sem ao menos perguntar à companheira o que ela queria tomar. Era uma prova a mais de que a borracha que ele usara para apagar o passado era de má qualidade. E procurou agarrar-se inutilmente ao fato de que, agora, quem estava ali com ele era Elisa. Elisa — ele se disse. Apenas Elisa.

    Então, depois de algum tempo em que fingiu estar se refazendo da subida da escada, ele reparou na rosa recém-desabrochada que enfeitava a mesa e julgou ter encontrado o ponto de partida. Arrancou algumas pétalas e deixou-as cair sobre a taça de vinho, esperando com isso despertar nela admiração por seu gesto poético. Elisa assistiu a tudo primeiro espantada, depois com preocupação pela saúde física e mental de Dumont:

— Não faça isso, Dirceu. Essa flor está suja de poeira da rua — disse com seu coração profissional.

Dumont pegou as pétalas molhadas com o garfo e atirou-as pela janela, acompanhando sua trajetória até a calva de um homem que ouvia, até então contrito, o discurso do governador, e se resignou: era Elisa mesmo que estava ali com ele.

— Você continua a mesma criança, Dirceu.

A mãezinha de novo, ele pensou.

E se estabilizou no mundo real.

Durante o tempo de uma garrafa de vinho, eles praticamente não falaram. Enquanto Dumont perscrutava o movimento da praça, tateando as brechas da zaga adversária e calculando as chances de adiantar os laterais para tentar o gol sem correr o risco de levar um contra-ataque pelas costas, Elisa tratava de se resguardar na defesa, pensando se deveria agarrar o ponta de lança prestes a invadir sua área e entrar com bola e tudo, sem descartar, no entanto, o conforto de um consolo pela possível derrota que, afinal, não seria vista por ninguém nesse estádio vazio. No começo da segunda garrafa, Dumont mudou de tática:

— Então, Elisa, por que você resolveu voltar para casa?

— Cansei de cidade grande — ela mentiu. — É tanta gente falsa, ninguém respeita ninguém.

E repassou na memória os dois meses que se seguiram à sua demissão, perambulando por diversos hospitais e clínicas particulares com seu currículo que era invariavelmente examinado com desdém enquanto seu corpo e seu rosto eram avaliados. Ela sabia que o infelizmente não temos vaga no momento que todos repetiam ao se livrar dela não passava de um eufemismo sobre sua idade e falta de atrativos. Tinha certeza disso. Então, quando o dinheiro do seu fundo de garantia chegou ao fim, resolveu que era hora de voltar para casa e reencontrar os dois velhinhos que anos atrás ela deixara entre as ruínas do sobrado que resistia a várias gerações de silêncio, cafés, broas, doces, tricôs, atormentados gemidos noturnos e culpas, revoltas e esperanças. Por isso, achou que sua resposta era o bastante, Dumont não precisava saber de nada. Mudou de assunto:

— Sabe aquele colega seu de barba que vivia querendo te visitar lá no hospital? Acho que vi ele lá na praça, na fila do pessoal da medalha.

Rezende — Dumont intuiu o óbvio. É o tipo de coisa que ele gosta.

— Ele estava acompanhando um homem muito elegante e entrevistando os outros.

Puxando o saco do Cobra — concluiu Dumont. Tudo muito coerente. Cortou:

— Ele não é meu colega, Elisa. Eu me aposentei.

Fez uma pausa e encarou a mulher com uma firmeza sincera, pelo menos naquele instante:

— Eu me aposentei de tudo.

Ela não quis esticar o assunto, pois, de alguma forma, o compreendia perfeitamente.

Enquanto o restaurante ia se enchendo à medida que a multidão deixava apenas o lixo ocupando a praça, eles tomaram mais duas garrafas de vinho e misturaram os assuntos mais variados. Elisa revelou que tinha um parente que também era jornalista e que trabalhara como redator-chefe de um semanário de literatura do governo em Belo Horizonte, mas teve que sair por causa da perseguição de um cara que se dizia poeta e que passava o tempo todo fazendo intrigas pelos corredores da Imprensa Oficial. E riu:

— Ele me disse que o tal poeta tinha um defeito na perna e que era a única pessoa que ele conhecia que mancava para trás.

E estancou o riso.

— Desculpe, Dirceu. Essa minha boca...

Ele aproveitou e pôs a mão sobre a dela:

— Sua boca é muito bonita, Elisa.

Estava sendo sincero. Na penumbra do restaurante, ele podia desenhar a boca de Elisa do jeito que quisesse, como, por exemplo, lábios escarlates umedecidos pelo vinho que acabassem de deixar suas nervuras impressas na borda de uma taça e se mostrando agora entreabertos, quentes, elevando sua chama para acender os frios cacos verdes que o encaram sob o traço feito à navalha das suaves sobrancelhas e

— Cadê o diabo do garçom?

Elisa viu que ele ia pedir outra garrafa e o conteve. Disse que já havia bebido demais, que não estava acostumada, que ia passar mal, que estava ficando tarde, que, que, que. Ele não quis argumentar, primeiro porque não tinha mesmo nenhum argumento, depois porque um novo plano se esboçava em sua cabeça, melhor do que ficar ali naquele lugar cheio de gente tagarelando:

— Tem algum problema se eu te pedir pra me ajudar a ir pra casa? Tem uma subida lá que é muito difícil pra mim.

Ela mediu com a fita métrica sinuosa do vinho as probabilidades e o tempo até o último ônibus para Mariana e viu apenas uma perna mais curta do que a outra e pelo menos duas horas, reparou o aspecto pedinte e frágil de Dumont e disse tudo bem, vamos então.

Ela fez menção de tirar sua carteira da bolsa, mas Dumont a impediu com energia, isso era com ele, e jogou algumas notas exageradas sobre a mesa que, por certo, dariam para pagar o dobro da conta. Mas, ao se levantar, seu corpo normalmente inclinado ameaçou adernar e ela precisou ampará-lo. Nas mesas vizinhas as pessoas se calaram e ficaram olhando para eles antes de afastarem suas cadeiras para deixar passar, entre reverentes e irônicos, sua bengala e o arranjo de flores de Elisa. Dumont pensou que se mandasse todos à puta que os pariu eles o compreenderiam e não lhe aconteceria nada, pois precisavam manter a classe e o brilho de suas medalhas, além do espírito da data e da admiração de seus acompanhantes, correligionários e talvez futuros sócios, cúmplices, amantes, eleitores, cupinchas, capachos, padrinhos e toda essa corja que Dumont odiava do fundo do coração. Mas olhou os ombros humildes de Elisa pedindo licença à sua frente e engoliu os dois sentimentos antagônicos, tocando as costas dela com ternura.

— É logo ali — mentiu ele enquanto desciam uma longa rua freando para frente, o que repetiria enquanto subiam outra longa rua freando para trás, numa jornada em que ora ela lhe dava o braço, ora ele se apoiava nela como se fosse uma simples muleta, de vez em quando interrompida para que descansassem e ele fingisse que a abraçava para não cair e ela fingisse que acreditava nisso e se deixasse envolver, permitindo o leve roçar dos dedos dele em sua nuca, seu queixo, seu braço, suas costas. Seu rosto. Então ela o olhava e dizia vamos andando.

Ao cabo de muitos anos de entradas e bandeiras, chegaram aos pés da montanha resplandecente, onde brilhava a fachada branca da casa de Dirceu Dumont. Ele se sentou na mureta e ficou observando Elisa, que olhava em silêncio as fieiras de lampiões que corcoveavam para baixo e para cima, fazendo o mapa noturno da cidade e os contornos angulosos das igrejas, de onde parecia se desprender o ventinho gelado que agitava seus cabelos.

— A vista daqui é linda, Dirceu — suspirou. — Pelo menos isso você tem. Mariana é muito triste.

Ele estendeu o braço e a puxou com suavidade, fazendo com que se virasse e encostasse o busto em seu rosto, que se afundou nele como em dois travesseiros arfantes. Ele ouviu primeiro o coração dela acelerado, talvez pelo esforço da caminhada, talvez não. Depois os ruídos de seu estômago, onde o vinho já devia estar fermentando. Mais abaixo, o calor do ventre que possivelmente começava a destilar a baba de moça esquecida em seus momentos de doce adolescência. E quase se desequilibrou ao apertar com as duas mãos as nádegas dela e a seda do vestido deslizar de encontro ao pano grosso da cinta que ele logo imaginou, desmanchando a visão da calcinha florida que se insinuara em sua memória. Ela o empurrou com delicadeza, dizendo que já era tarde. Ele pediu que apenas o ajudasse a entrar. Ela o conduziu calada, pensando que não era tão tarde assim. Na sala, ele a imprensou contra a parede e ela sentiu um toco duro bater em sua coxa, e adivinhou a cicatriz do rosto dele descendo de sua bochecha para o pescoço, e pensou que aqueles dedos destreinados acabariam por arrancar os botões do seu vestido, e depois arrebentariam o fecho do sutiã que por fim cede e deixa desabar os dois seios flácidos que ele ampara e suga enquanto a outra mão se enfia por entre suas pernas e se agarra aos pelos procurando, encontrando, penetrando, revirando seus olhos para dentro e fazendo seu estômago rolar para a beira do abismo, e ela firma as costas na parede e o empurra com força, fazendo o vulto dele dar dois passos desiguais para trás e se esparrodar sobre a mesa. Os papéis alvoroçados de Garreto ainda revoavam sobre Dumont quando ele viu Elisa entrar correndo no banheiro, bater a porta e se debruçar no vaso a tempo de inundá-lo com o vinho que, horas antes, ele quisera cobrir de pétalas de rosa.

Quando Elisa terminou de retocar o rosto destruído e endireitar como pôde o vestido e os cabelos, voltou para a sala e não encontrou Dumont. Foi até o quarto e viu que ele estava deitado nu e dormia, ressonando de boca aberta. Por um momento, ela matou a saudade daquele corpo. Chegou perto dele, pensou em acordá-lo, mas deu-lhe apenas um beijo leve na testa e colocou o arranjo amassado de flores entre seus dedos.

Durante os primeiros meses do inverno a nuvem de Dumont manteve-se inalterada, pousada sobre a cruz da igreja de São Francisco de Paula numa combinação sem contraste com a pátina escorrida de suas torres, como se efeito e resultado tivessem fechado questão de que as marcas de muitos anos de lágrimas ficassem ali registradas, solidárias com as dos anjos de pedra-sabão feridos a canivete pelas flechas e corações de centenas de namorados.

Ele registrava essa constatação todas as tardes ao descer para a birosca do Munhoz, entre a irritação com a inconsequência das pessoas em relação aos monumentos históricos da cidade e o receio de ler aquelas declarações de amor, onde, quem sabe, poderia flagrar algum nome conhecido, como, por exemplo — mas então ele procurava distrair o pensamento prestando atenção nas pedras da rua e nos súbitos degraus que a imperícia ou a revolta dos escravos haviam construído nos lugares mais absurdos. Mas, ainda que tentasse evitar, essa melancolia sempre o acompanhava na descida, aumentando a ansiedade por ver a cara amarrotada do taberneiro e o fiel conhaque esperando pelo breve descanso para, enfim, incorporar-se ao seu cérebro e à sua alma, onde boiariam sem rumo por toda a noite os mais desencontrados enredos para a história de Garreto, que ele desconfiava estar tão perdida no tempo quanto a verdade sobre os inconfidentes entre os documentos oficiais e a pose de suas liras entre os suspiros rococós de seus amores incompletos.

E foram noites intermináveis, cujas lâminas geladas percorreram o esqueleto de Dumont zunindo e eriçando seus achaques cada vez mais constantes e a sensação de envelhecimento que lhe causava a figura do taberneiro com suas rugas e vincos talhados a cinzel, feito as estátuas do Aleijadinho. O cenário da birosca também reforçava o efeito de decadência com suas mesas de fórmica lascadas nas quinas, as cadeiras de pernas bambas, a torneira da pia colorida de azinhavre, a foto desbotada da Seleção Brasileira de 1958 na parede, o toco de vela ao lado da imagem de São Jorge na prateleira entre garrafas de vermute, o cheiro de amoníaco vazando pelas rachaduras da porta do mictório, o ladrilho quebrado criando um coração de formas irregulares, crostas de gordura se solidificando nos anúncios acima do fogão, a bengala arranhada, a mão enrugada que ele leva aos olhos na esperança de fazer a cortina descer e as luzes se acenderem sobre a plateia mostrando que a realidade não era aquela, que tudo não passava de encenação.

Mas a realidade era essa mesmo, vez por outra acrescida de um novo personagem como o velho que acaba de sentar-se de costas para ele e começa a desenrolar um jornal ao som de tosses e pigarros enquanto espera que o taberneiro lhe abra a cerveja e deposite na frente o copo quase transbordante de pinga. Examinando sua nuca, Dumont descobriu as marcas superpostas de sua genealogia, e imaginou que poderia adivinhar-lhe a idade através do estudo dessas rugas, como se faz com os troncos de sequoias antigas. Uma idade que talvez o credenciasse a ser da época em que Garreto estivera por ali, ser contemporâneo de Marília e de seu influente marido, e lhe voltou a excitação de interpelar o desconhecido como tantas vezes fizera com tantos outros velhos que ali entraram, recebendo sempre uma negativa lacônica ou um olhar de estranheza, mas de concreto mesmo apenas o ar de reprovação de Munhoz achando que essa conversa chata só servia para espantar mais um freguês, que era caduquice de Dumont essa besteira e que pena que aquela mulher não tivesse dado certo com ele e fossem ser felizes longe dali.

Dumont, no entanto, não desanimava, e até mesmo chegou a concluir que no fundo não queria informação alguma, como se o fato de obtê-la significasse o fim da sua busca e o início do vácuo que o esperava depois da última página do romance, quando o bordado de Penélope perdesse a razão de ser com a chegada definitiva de um Ulisses maltrapilho e cansado. Espalhando ruínas gregas pelos morros de Ouro Preto e enxergando as águas encapeladas do Egeu na superfície estagnada do conhaque, ele procurava povoar as noites com a mitologia de seus fantasmas, sereias e ogros. Garreto, portanto, era apenas uma desculpa. Seu mistério o protegia da verdade, e a verdade era algo que Dumont jamais procurara na vida. Ele era uma mentira, e sabia disso. Mas uma mentira dirigida, justificava-se, distorcendo em seu favor o sonho borgiano.

Mas era necessário que o jogo continuasse, e ele seguiu coletando palpites, chutes, suposições e insinuações pinçados em suas entrevistas aleatórias, enchendo o já ensebado bloco de anotações que carregava aonde quer que fosse em sua pasta forrada de contracheques da Previdência, contas já pagas, despesas de bar e um pequeno mapa da cidade no qual realçara, com um círculo, o local onde deveria estar a casa de Marília, posteriormente cancelado com um xis vermelho quando descobriu que ela fora demolida havia mais de sessenta anos, e que sobre suas pedras, estuques e rebocos misturados aos decassílabos e redondilhas de Gonzaga tinham construído a Escola Normal, que a sepultou sob o peso de diversas gerações de mestres, bedéis, recitais, castigos e, naturalmente, normalistas, que, talvez tocadas pelas vibrações que emanavam no subsolo, quem sabe às vezes pudessem ser surpreendidas durante as aulas vagueando os olhos através da janela, na esperança de que algum outro poeta, quem sabe um dia, viesse a elas guiado por sua estrela do norte.

E ouviu muitas histórias exorcizadas dos baús daqueles homens, algumas que deixavam seus narradores com os olhos rasos d'água — como eles mesmos gostavam de dizer —, outras claramente inventadas ou diluídas em suas memórias cheias de desvios por causa de anos de remorso, tristeza ou alcoolismo, coisa que, afinal, eram naturais no tipo de gente que frequentava a birosca, senão o que os jogara ali?, e outras bem provavelmente inspiradas pelo próprio taberneiro, como Dumont desconfiava, feito a súbita recordação de um freguês de um escândalo ocorrido lá pela década de 40, o estranho caso entre um poeta de fora e um político notoriamente pederasta que o teria enganado anos a fio, a ponto de receber dele adocicadas cartas de amor. Dumont, a princípio, teve certeza de que isso era gozação, mas ao lembrar-se do buço que sombreava a boca da Marília de Garreto, da inversão de sexo dos personagens do folhetim, do segredo cúmplice que ela lhe fizera prometer e do fato de que ninguém ali se lembrava daquela mulher, encolheu-se envergonhado com a nítida possibilidade de ter sido atirado àquilo que ele teimava em acreditar que era o seu destino por um reles travesti, mesmo se socorrendo na esperança fugidia de que tal história fosse fruto da cabeça mentirosa de Munhoz, de onde saíam tantas tabernas, castanholas, toureiros e ciganas. Apenas mais um papo vagabundo, ele se determinou, apesar de estar certo que jamais saberia onde começava a mentira entre eles, pois à medida que o tempo passava, ele e o taberneiro iam ficando cada vez mais parecidos, condenados às aventuras imaginárias e à mesma adega desse navio desorientado e sem rumo, repleta de garrafas e baratas.

Ainda pousada sobre a cruz da igreja e expectante como em fim de gestação, a nuvem de Dumont ia ficando cada vez mais inchada. Absorto em suas pesquisas labirínticas, e correndo, como sempre, atrás do próprio rabo, ele não percebeu que a hora estava chegando.

Revelada a princípio apenas como uma carícia aspergida sobre os cabelos em forma de garoa e causada por um desses fenômenos só explicáveis pelos navegantes portugueses ao percorrer em versos mares desconhecidos e tenebrosos, a primavera avisou que estava chegando não com flores, mas com um dilúvio. As noites úmidas, os lampiões elétricos e os holofotes das igrejas focalizavam dentro da escuridão uma sutil cortina de água lenta e horizontal que encantava a tonteira poética de Dumont quando saía do bafo da birosca para retomar o cada vez mais longo e penoso caminho de casa, impedindo que ele percebesse que, além de sua alma encharcada de lirismo e conhaque, também seus pulmões estavam se transformando em esponjas, ainda que tentassem avisá-lo disso através de chiados e de uma febre persistente.

O taberneiro notou a mudança de sua aparência, mas, como sempre, achou melhor cuidar da própria vida. Só demonstrou alguma preocupação quando chegou à porta, como sempre fazia ao ouvir o sino tocando o Ângelus, e ficou olhando o céu:

— Esta cidade não aguenta uma chuva forte.

Dumont aproveitou-se para tentar conversar com ele:

— Mas isso não é patrimônio da Unesco? Não tem preservação?

— Tem nada — o taberneiro não alterou seu ar descrente. — Todo ano aparecem uns caras aqui dizendo que vão restaurar os prédios e fica tudo na mesma. É só chover de novo e lá vêm as goteiras de sempre, casa desabando. Isso aqui está tudo podre.

E olhando para Dumont com olhinhos matreiros:

— Cuidado com aquele barraco seu lá em cima, meu camarada. Qualquer dia desses você desce de lá junto com ele.

E a garoa fez-se chuva, e a chuva fez-se um aguaceiro que por alguns dias manteve Dumont trancado em casa tiritando de febre e tentando medicar-se à base de conhaque, tanto uma quanto o outro o impedindo de reestudar os papéis de Garreto que ele, por fim, acabou por cobrir com um plástico para evitar que as goteiras os destruíssem, o que seria algo assim como um tiro de misericórdia, pois ele sabia que faltava pouco para que aquele amontoado de bobagens se esfarelasse como uma múmia ao relento.

Olhando pela janela as igrejas respingadas pela paisagem, ele ficava calculando o volume de água que estaria se acumulando nos sótãos precariamente protegidos pelos telhados arcaicos, não querendo pensar que, naquele momento, algum casal poderia estar correndo de volta para um hotel onde trocariam as roupas ensopadas por toalhas felpudas como grandes gatos sonolentos, e que depois — e ele então voltava ao conhaque para não ouvir os gritos dos pneus derrapando, e depois, e depois, e depois. Até que uma tarde o vento rasgou as nuvens e os raios de um sol quase esquecido projetaram do outro lado da cidade um arco-íris que sugeriu ao emocionado Dumont a aquarela da primavera chegando para cobrir o mundo de flores e frescuras mil que ele logo procurou fingir que jamais teria tido uma inspiração tão subliterária e que era melhor aproveitar a estiagem e sair em busca de sensações mais concretas, como, por exemplo, encher a cara na birosca do Munhoz.

Ele venceu o primeiro trecho, enlameado até o calçamento, mas, ao apoiar a bengala nas pedras molhadas, viu que teria que andar com muito cuidado, pois a ponta de borracha estava gasta e lisa. Cuidado que se tornou advertência ao notar que a cada escorregão a cobrinha do cabo parecia lançar-lhe sorrisos maldosos, a peçonhenta. Agarrou a bengala com força, como se quisesse estrangulá-la, e seguiu compenetrado na direção do arco-íris e do pote de ouro que ele indicava.

Dumont chegou a assobiar "Over the rainbow" e fazer de conta que aquela rua enlameada era uma estrada de tijolos amarelos, mas se poupou a tempo do ridículo, pois estava mais para o Homem de Lata, o Espantalho e o Leão Medroso do que para a saltitante Judy Garland, conforme lhe revelou sua imagem refletida na vitrine da sapataria. Mas ao chegar à Praça Tiradentes, seus olhos se encheram de santidade: as cores do arco desabavam exatamente sobre a casa de Gonzaga. Que fosse atrás, ou lá longe, ele contestou as críticas que certamente sofreria por parte do taberneiro. O escritor sou eu e meu arco-íris começa ou termina onde eu bem entender. Portanto, lá estava ele brotando do telhado da casa de Gonzaga como os fluidos coloridos das liras subindo ao céu em busca do coração de Marília.

Ele intuiu também que precisava fazer a sua parte na confecção do enredo do acaso — ou do fantástico —, conforme as leis secretas da Literatura, o único recurso que o mantinha, de certa forma, atado à vida real, e foi matutando isso enquanto descia a rua Cláudio Manoel, em cuja placa fez questão de ler "Rua do Ouvidor", e, na sequência, procurou o lugar exato do murinho da igreja de São Francisco de Assis onde se sentara com Bárbara, pois sua linha fictícia de raciocínio indicava que dali poderia voltar no tempo e escolher o caminho certo a ser trilhado, sem os imprevistos da porra-louquice ou do desastre. E o filme que ardia em sua cabeça transformou a casa do poeta no palácio do Mágico de Oz que, em pessoa, realizaria esse milagre.

Dumont sentou-se no murinho como um ator se preparando para entrar em cena, mas logo a realidade mostrou a ele que algumas coisas já não podiam ser mudadas: apenas um de seus pés tocava o chão, ao contrário da vez passada, e no lugar onde Bárbara se sentara estava a bengala e sua cobrinha. Entendeu que o que ardia em sua cabeça não era filme nenhum, mas apenas a febre agitada pelo esforço da caminhada, e que aquela casa defronte não era um palácio, mas apenas uma casa velha, por trás da qual, à medida que o arco-íris se desfazia, vinha surgindo com todo seu peso a sua nuvem de sempre, com a diferença que não estava mais parada, mas voando rasante como um bombardeiro e criando em seu bojo uma figura de disforme e grandíssima estatura, o rosto carregado, a barba esquálida, os olhos encovados, e a postura medonha e má, e a cor terrena e pálida, cheios de terra e crespos os cabelos e a boca negra, os dentes amarelos, como se o fantasma do próprio Camões tivesse vindo fazer uma visita ao seu colega poeta e ficasse furioso ao ver que, em vez de Tomás Antônio Gonzaga, o único escriba que encontrou foi esse perneta com cara de bobo. Vendo os olhos delirantes de Dumont, o gigante Adamastor desabou num medonho choro, e, num tom de voz horrendo e grosso, explodiu seu trovão prometendo naufrágios e perdições de toda sorte:

— Tu, que por guerras cruas, tais e tantas, e por trabalhos vãos nunca repousas...

(A voz do bardo caolho retumbou na cabeça de Dumont.)

— ... triste ventura e negro fado o chama...

(Ele sentiu os grossos pingos vertidos dos olhos da aparição e saiu capengando na direção da igreja, aquela porta aberta e Deus lá dentro para salvá-lo.)

— ... que o menor mal seja a morte!

O ponto de exclamação veio enfatizado pelo raio que ele deixou lá fora no momento em que se refugiava na nave setecentista da Confraria da Ordem Terceira dos Franciscanos, como lhe lembrava sua pesquisa inútil sobre os caminhos de Garreto que, absurdamente, e logo numa hora dessas, computava seus dados desordenados entre os neurônios inflamados de Dumont.

Por um tempo sem minutos nem horas ele permaneceu recostado num banco do meio da igreja, local que escolhera por instinto, seguindo um raciocínio de urgência que dizia que o fato de ficar no ponto mais equidistante das quatro paredes o colocaria automaticamente no ponto mais distante do que acontecia lá fora. E foi um tempo que se esvaiu devagar, confundido com a ideia de eternidade que lhe vinha do dourado da capela-mor e dos santos que o espreitavam dos altares laterais, onde ele sabia estarem os bem-casados São Lúcio e Santa Bonna, além de Santa Isabel da Hungria, Santo Ivo e mais alguns bem-aventurados que se perdiam em seus catecismos. O mesmo tempo que lhe secava o suor da febre e acalmava sua respiração de afogado, apesar da pressão que sentia sobre a cabeça com a lembrança de que o sótão estava cada vez mais cheio de água e que o teto inchava sob seu peso, sensação que se reforçava nos pingos de goteiras que cortavam o ar feito pirilampos sagrados. E então ele procurava se distrair imaginando o que Jesus estaria falando ao povo do púlpito de pedra-sabão e se acalmar recolhido ao seio da grande nave mãe que, qual um transatlântico divino, o protegia das procelas do mundo. Mas foi só olhar para o outro púlpito e ver Jonas prestes a cair no mar e a boca da baleia escancarada para devorá-lo que a vertigem voltou com seus redemoinhos e ímãs abissais. Ao tentar saltar para o bote salva-vidas, tropeçou num remo e desabou no tombadilho, ainda a tempo de ver a cobrinha se enrodilhando em seus pés.

    E como se revertesse um antigo pesadelo, no qual ele despencava por uma rua íngreme cercada de luzes de semáforos, faróis, anúncios etc. na direção de uma igreja futurista, Dumont viajou por buracos negros, estrelas e plêiades até vislumbrar a luz intensa que irradiava da madona de mãos postas e rosto enternecido sentada num trono de nuvens, em torno do qual uma orquestra de anjos executava hinos celestiais com seus violinos, trompas, triângulos, violoncelos e clarinetas, enquanto um coral alado entoava

> *Salve Hóstia! Migalha infinita!*
> *És a esmola divina do amor!*
> *Salve luz, és a vida bendita!*
> *Salve Hóstia, és o próprio Senhor!*

Ele assistiria a esse concerto de bom grado até a consumação dos séculos se não notasse algumas transformações que surgiam aqui e ali no espetáculo, como a entrada de um seresteiro bêbado e de uma turma de hippies soprando suas flautas doces e cantando com suavidade canções que falavam de flores e de paz, e que os traços mestiços de Nossa Senhora de Porciúncula, ainda em seu trono, começavam a ficar mais afilados, e que sua carapinha negra vinha descendo lisa por sobre os ombros, e que uma gota extraviada por entre as gretas do teto trazia para seus olhos pretos alguns pigmentos verdes da tinta de Ataíde, e que o céu crescia inflado em sua direção, e que no meio daquela banda desgovernada se destacava cada vez mais nítido um corpo conhecido que se levanta do trono de nuvens, os olhos disparando raios esverdeados, os braços abertos e as mãos erguendo para o seu pescoço uns dedos muito brancos, em cujas extremidades afiadas unhas vermelhas de vinho ou de sangue se aproximavam perigosamente, e que, e que, e que, e era como se Luiza enfim estivesse de volta para abraçá-lo ou trespassá-lo, e seu coração se rendeu definitivamente.

Dirceu Dumont firmou a perna boa no chão para fazer cessar o ruído da cadeira de balanço no momento exato em que a superfície do sol tangenciou a linha da montanha e apagou o primeiro raio de sua iluminação. Ele queria acompanhar, milímetro por milímetro, o dia e o rosto da realidade morrendo, e testemunhar o nascimento da noite, que viria envolta em seu manto recheado de sonhos, fantasias e sombras no qual, agora sim, ele poderia recriar a vida à sua maneira, e desta vez sem pressa ou ansiedade.

Ele estava nesse regime de semi-imobilidade desde que acordara de um sonho confuso e reconhecera a familiar decoração de hospital ao seu redor, e se alarmara de que tudo estivesse recomeçando, e do pior ponto do trajeto. Mas agora, em vez da névoa provocada por uma atadura, o que ele viu primeiro foi a cara entediada do taberneiro lendo uma revista de esportes.

— Oi, Espanha. Até que enfim você limpou o boteco — tentou dizer com sua voz adiposa.

Munhoz levou um susto e se levantou:

— Até que enfim digo eu, cara. Pensei que dessa vez você ia me deixar em paz.

Dumont tentou se erguer.

— Fica quieto aí, seu maluco — socorreu Munhoz, sem saber o que fazer. — Aguenta aí que eu vou chamar o médico.

Vendo que sua ordem surtiu efeito no atônito Dumont, Munhoz saiu e logo voltou com um velhinho de avental respingado de sangue, reencarnando o modelo dos médicos do tempo de Garreto, como seu hábito de investigar logo detectou.

O homem se aproximou devagar, como quem faz o rescaldo de um incêndio, examinando a extensão dos estragos. Depois levantou-lhe as pálpebras, tomou seu pulso e mandou que pusesse a língua para fora.

— Ainda está com bafo — resmungou.

Foi até a mesinha, escreveu alguma coisa num bloco e se voltou consultando o relógio de bolso:

— Você tome esses remédios e guarde repouso absoluto. Quando quiser ir embora, peça ao seu amigo aí.

E ia se virando para sair quando Dumont ameaçou entrar em pânico:

— Doutor, o que é que eu tenho?

— Você levou um tombo e teve uma concussão cerebral. Ah, e está com pneumonia também. Vocês deviam ter mais vergonha na cara. Não sei como essa raça não morre.

E saiu batendo a porta.

— Que hospital é esse, Espanha?

— Isso aqui é pronto-socorro, meu camarada. Está achando que eu ia gastar hospital com você? E pode dar graças a Deus que tinha um médico aqui.

— Mas o que é que aconteceu?

— Te acharam ontem escornado na igreja. A sua sorte é que o guia da São Francisco vai ao bar de vez em quando e já te viu lá. Ele me avisou, e como eu sei que você é um abandonado, tive que vir quebrar seu galho. Mas foi a última vez, tá me entendendo?

Dumont conhecia esse tom de voz:

— Você é um anjo, Espanha.

— Anjo um cacete. Olha, se você quer que eu te leve embora, vamos logo, que eu deixei o bar sozinho. Vai se arrumando que eu vou pegar um táxi.

Agora, sentado aqui na varanda e vendo apenas a metade do sol tentando ainda se agarrar aos arbustos da montanha, Dumont sentiu o cheiro da sopa que Elisa estava fazendo. Ela havia sido o último pedido que ele fizera a Munhoz depois que o taberneiro voltou da farmácia com os remédios, mandou o táxi subir até sua casa e perguntou se ele precisava de mais alguma coisa:

— Eu não tenho nem tempo nem saco pra ficar te pajeando.

— Obrigado, Espanha. Só um favorzinho e eu te dou umas férias.

E pediu a Munhoz que localizasse Elisa em Mariana.

— Pode deixar que eu acho ela nem que seja no Japão, meu camarada.

E levou Dumont até o quarto, esperou que se cobrisse para ter certeza de que não lhe daria mais problema e saiu sem dizer nada. No dia seguinte, ao crepúsculo, enquanto observava a maneira como o sol morria sobre a montanha, ele não notou o vulto que se aproximava silencioso, com uma mala na mão.

— É aqui que estão precisando de uma enfermeira?

Nesse dia seu crepúsculo ficou inacabado.

O sol agora é apenas um rastro avermelhado se desfazendo nas barras esfarrapadas das saias das nuvens, de acordo com uma imagem que Dumont anotara havia muito tempo em seu bloco, e a tepidez do cheiro da sopa lhe devolveu o calor do corpo de Elisa quando, pela primeira vez, depois de medicá-lo e ficar inventando coisas para dar tempo que dormisse, deitou-se a seu lado com a delicadeza que achava suficiente para não acordá-lo. Mas ele estava acordado e sentiu que ela ficou tensa quando a tateou no escuro sem muita convicção. Por alguns instantes ficaram assim, em silêncio, até que ele desistiu de acariciá-la e ouviu sua voz arquejante:

— Dorme, Dirceu.

Por muitas noites, foram carinhos tímidos. Ele sabia que o impulso dela era muito pouco para o salto, e por mais que se esforçasse, por mais que tentasse imaginar que aquela criatura quase inerte ali deitada saltasse sobre ele e o cavalgasse com as esporas afoitas rasgando-lhe os flancos, e com tal voragem que ele teria de se agarrar às longas crinas negras para não ser atirado longe, ele sabia que tudo o que tinha ali era apenas uma gata velha que se contentava com um pires de leite e uma almofada macia ao lado do fogão para as noites de frio.

Ele pensa nisso agora, nas noites de frio, ao ver que o sol já terminou sua descida pela encosta do outro lado da montanha e que nesse momento, lá embaixo na cidade, muitas pessoas estariam voltando para casa arrastando seus passos sombrios sob o peso dos leves embrulhos de pão ou de canções felizes assobiadas como lamentos etc. E ao reparar que um dos tijolos que cercam seu canteiro de damas-da-noite e copos-de-leite está quebrado, entende que neste mesmo instante alguém pode estar tentando começar a escrever um romance sobre ele, e, com o sorrisinho sacana de quem se julga no poder de determinar o destino dos outros, ordenando que lá pelas onze horas ele recolha a cadeira da varanda, passe o ferrolho na porta, tome o chá quente com seu remédio noturno, e depois se deite e durma para sempre.

Este livro foi composto na tipologia
Caecilia-Roman, em corpo 10,5/16,5, e
impresso em papel off-white 80g/m² no
Sistema Cameron da Divisão Gráfica
da Distribuidora Record.

Seja um Leitor Preferencial Record
e receba informações sobre nossos lançamentos.
Escreva para
RP Record
Caixa Postal 23.052
Rio de Janeiro, RJ – CEP 20922-970
dando seu nome e endereço
e tenha acesso a nossas ofertas especiais.

Válido somente no Brasil.

Ou visite a nossa home page:
http://www.record.com.br